JN038624

眠れない夜にみる夢は

深沢仁

東京創元社

CONTENTS

眠れない夜にみる夢は

なにも傷つけないように、おやすみ

　チャイムが鳴ったのは深夜だった。

「だれぇ……？」

　隣で寝ていた女が声をあげる。腕に相手の長い髪が触れ、まずこいつがだれだっけ、と俺は思った。スマホで時間を確認する。二時すぎ。手癖で煙草をくわえたところで思い当たり、火はつけずにぱっと起き上がった。ベッドが軋む。明かりをつける。

「お前、帰れ」

「え？」

「服着て帰れ」

「はあ？　もう電車ないよ」

　抗議する女を放ってジーンズを穿く。がらがらの呑み屋で、お互い消去法の果てに見つけた相手だということ以外、女についてはなにも知らなかった。「服着とけよ」もう一度言ってから玄関まで急ぎ、ドアを開ける。そこには予想どおりナミちゃんが立っていた。元々こちらの胸元ほどまでしか背がない彼女は、首をすくめているせいでますます小さく見える。潤んだ瞳で、童顔には大きすぎる白いマスクをし、腕にはミイナを抱いて。

「ごめん……。紘一くん……」

「いや全然いい、んだけど、悪い、五分ちょうだい？　下で待ってて」

俺の言っていることを理解するのに、彼女は二秒くらいかけた。玄関に派手なミュールが脱ぎ捨てられているのに気づくと、ショックを受けた顔になる。

「チカさんじゃないの？　私――」

「ちがうけど。大丈夫だから、待ってて」

やっぱりいい、と立ち去られたら困るので、俺はナミちゃんの足元にあった巨大なカバンを半ば強引に家の中に引き入れた。「待ってて」そう繰り返してドアを閉める。

赤ん坊の世話をするのにどれだけのものが必要なのかは知らないが、小柄なナミちゃんがミイナと一緒に持っていたのが信じられないほど、そのカバンは重かった。廊下の隅に置いて息をつく。部屋に戻ると、女は身体を起こしてはいたものの、まだ下着姿だった。

「なにごとなの？」

「約束があったの忘れてた。悪いけど帰って」

「ひどくない？　こんな時間じゃ――」

「だから悪いけどって言ってんだろ」

声を低くすると、女はびくりとした。こういう目つきを、俺はよく向けられる。ヤバいやつかどうかを見極めようとするみたいな。女はそろそろとワンピースに手を伸ばし、俺は台所の換気扇を回して煙草に火をつけた。ため息と一緒に煙を吐き出す。ぼさぼさの髪をかきあげて、自分からアルコールの匂いがすることに気づいた。頭を振る。ちゃんと……、ちゃんとしなくちゃいけない。ナミちゃんの前でだけは、まともに振る舞わなくちゃいけない。

「じゃあ、帰るね……」

触れれば爆発する爆弾を相手にしているように、女がそそくさと廊下に向かう。俺はポケットに手を突っ込んだ。現金は三千円しかなかった。最近、支払い系はぜんぶスマホで済ましてるので。

「タクシー代」

「いいよ」

「いいから」

女は受け取り、逃げるように出ていった。かんかんかん、と階段をおりていく音を聞きながら、こんなつもりじゃなかったんだ、と言いたくなる。こんなつもりじゃないんだ。いつも。でも、口にできたことはない。

部屋はひどい有様だった。赤ん坊が入っていい場所とは思えなかった。こもった空気を入れ替えるために窓を開け、乱れたベッドを直して消臭スプレーを振りかける。床に落ちていた諸々（もろもろ）は足で隅に寄せた。最後にTシャツを拾い上げて着る。スマホを見たが、智己（ともき）からの連絡はきていない。

外に出た。春のはじまり、まだ少し肌寒い。階段の下にナミちゃんがいなくて焦ったが、耳を澄ますとかすかにミイナのぐずる声が聞こえてきた。道路のほうからだ。暗い道、そこだけ明るい自販機の前、赤ん坊を抱いてゆらゆら揺れるおかっぱ頭の女の子。その姿は母親というよりも、幼い妹の世話を任されて途方に暮れている姉にしか見えない。

三秒ほど眺めてから、「ナミちゃん」と声をかけた。彼女が振り向いて寄ってくる。

「あの、ほんとに、突然ごめんなさい」

「平気」

「女の人が、帰ってくの、見えた」

どうコメントしようか迷い、けっきょく「とりあえず中においで」と促した。ゆっくりと階段をあがる。ナミちゃんがついてくる。ミイナはだんだんと静かになり、俺はひそかに安堵した。泣き喚く赤ん坊というのが、俺は怖いので。

「散らかっててさ」

ナミちゃんがここに来るのは、一ヶ月ぶりくらいだろうか。彼女を先に通し、俺はカバンを持って後に続いた。彼女の歩き方に不自然なところはない。ナミちゃんはまず赤ん坊をソファに寝かせ、自分は床に座ってマスクを外した。恐る恐る確認したが、顔にもケガは見当たらない。

「なんか飲む？　ろくなものないけど……」アルコール類もインスタントコーヒーも、授乳中はNGなことくらいは俺でも知っている。「水とか」

「大丈夫、お茶は持ってるの。でも、手洗ってもいい？」

「もちろん」

俺はコーヒーを淹れようとやかんを火にかけた。ナミちゃんがぱたぱたやってきて手を洗い、すぐ子どものところに戻る。俺はマグカップを持ってベッドに座った。夜の空気と赤ん坊の寝息。この部屋にはそぐわない。俺はまた猛烈に煙草が吸いたくなって、でも吸わない。

「智己となんかあった？」

指先でミイナの頰を撫でていたナミちゃんは、数秒沈黙した後、ん、と頷いて泣き出した。俺はベッドサイドにあったティッシュの箱をテーブルに移動させる。ほぼ同時にベッドの上にあった俺のスマホが震え出した。発信元はわかってる。俺も彼女も。

「言っていい？」

ナミちゃんが頷き、俺はスマホを持ってベランダに出た。からからから、と背中越しに窓を閉め、通話ボタンを押す。

「ここにいるよ」

まずそう言った。智己がスマホの向こうで長く息を吐く。俺はそれを聞きながら煙草をくわえる。電話越しにかすかにライターの音がして、あいつもベランダにいるんだろうな、と思った。たぶんジャージを着ている。刈り上げた短い茶髪を指先でいじっている。落ち着かないときの癖だ。

「ごめん。……よかった」

「なにしたんだよ」

「……ミイナの布団、蹴(け)った」

俺は硬直し、振り返った。さっきはナミちゃんばかり見て、赤ん坊のほうは目に入っていなかったので。だけどこっちの考えを読み取って、智己がすぐに「馬鹿、ちがう」と付け足す。

「ミイナはナミが抱いてた。ただ敷いてあった布団を蹴ったんだよ。……や、それもだめだけど。苛々(いらいら)して。でもナミが、すげえ顔したから、ヤバいって。そんでそれ以上揉(も)める前に、俺が家出た。それで帰ってきたらナミもいなくなってて、焦った」

「そういうことか」

「どんな感じ？」

「十分くらい前に来て、いまは泣いてる」

「悪い。迎えにいっていい？」

「俺はどっちでもいいけど。ナミちゃん次第だろ」

「訊いてみて」

「かけ直す。飲むなよ」

智己は沈黙し、俺はすぐにその意味を理解する。こいつはどこかで一杯引っ掛けてから帰ってきたのだ。

「馬鹿か」

そう言い捨てて電話を切る。お前が言えた義理か、と自分に突っ込みながら煙草を消し、部屋に戻った。ナミちゃんはありがたいことに泣き止んでいた。ミイナは寝ている。

「反省してた」

伝えると、ナミちゃんはかすかに唇(くちびる)の端をゆるめた。知ってる、というふうに。まったく俺たちは、反省と後悔だけは得意なのだ。

「迎えにきたいって」

彼女は俯(うつむ)き、それからミイナを見つめた。俺はベッドに腰をおろす。ふわりと安っぽい香水の匂いが漂った。さっきの女がつけていたやつ。もう名前すら覚えていない。二の腕が柔らかかった。こういうのいま、だめなんだよ。脱がせるときにそんなことを言っていた。こういうの？　だからあ、濃厚接触。相手が笑い、俺もどうでもよくなって笑った。枕元に女の忘れていったマスクを見つけ、それをゴミ箱に突っ込むついでに使用済みのコンドームを隠す。不味(まず)いコーヒーを一口飲む。反省と後悔。そんなのは、いまに始まったことではない。

「帰りたくないなら……」

俺はつぶやく。ナミちゃんが顔をあげる。

「泊まっていってもいいけど。俺が智己んち行くから。——それか、家まで送っていくから、智己のほうを追い出すとか。あいつはここに泊めるから……」

俺の声はだんだん小さくなる。ナミちゃんの視線が途中で逸れて、なにかを探すように部屋のほうに向けられたから。

「チカさんは？」

傷ついた声を出されて、俺は舌打ちするのを堪えた。まあ、そりゃあ気になるだろう。こういうことになるから、チカコが出ていったとき、さっさと智己に伝えておくべきだったのだ。

「えっと、別れた、たぶん……」

「たぶん？」

「帰ってこないから」

彼女の目にまた涙が浮かぶ。

「いつから？」

「二週間くらい前」

「なんで？」

責めるような彼女の瞳が、「殴ったの」と訊いている。

「殴ってない」俺は答える。「……今回は。正直俺も別に、心当たりはないんだけど……」

正確に言えば、いまこのタイミングで別れを切り出される心当たりはない、というだけだ。チカコが俺を振る理由なんて、挙げようと思えばいくらでもある。ケンカのときに手が出たことは過去に何度かあるし、浮気したこともある。でもここ最近は、そういうのをしていなかった。だから最初はそれなりに驚いて、心配もして、そのうち帰ってくるかもしれない、と思った。智己に言わなかった理由もそれだ。だが、連絡は一切通じず、二人で続けていた五百円玉貯金——総額がいくらだったのか知らないが——もなくなっていて、おまけに花粉症持ちのあいつが買い溜めていたマスクも持ち去られていた。気遣いなのか、一箱だけ残して。彼女が出ていって三日くらいしてそのことに気づき、俺は笑ってしまった。

チカコは頭がよかった。いろいろ考えた末、計画的に実行したのだ。そんな素振り(そぶり)を一切見せずに。

「まだ、チカさんの、あるじゃん」

ナミちゃんがぐずぐず泣きながら言う。部屋に残っているあいつの私物のことを言っているらしい。ハンガーラックの洋服、テーブルの下の化粧品、いつだったかUFOキャッチャーで取ってやった巨大なぬいぐるみ……。それはもちろん、三年近く同棲していたのだから、たかが二週間で片付けられる量ではない。というか、俺は一切、片付けていない。

でもそれは——。

ナミちゃんを見下ろして、俺は言葉を探す。

でもそれは、選択でも希望でもなく、単に面倒くさいから後回しにしているだけだ。チカコと別れてからこの家に来た女の子たちには、好きにしていいよ、と言うようにしている。あいつはいらないから置いていったのだ。俺もふくめて。実際「これ欲しかった口紅だ」と持って帰ったやつもいるが、俺はなにも感じなかった。

「……でもあいつ、大事なものは持っていったから。もう帰ってこないと思うよ」

う、とナミちゃんが声を漏(も)らす。自分が重罪人みたいに感じられた。いまさら。この子はチカコになついていた。チカコだって、ナミちゃんを妹みたいに可愛がっていた。似たような男と付き合っている者同士という仲間意識が湧いたんだろう。ナミちゃんが来ればチカコはいつでも迎え入れて話を聞いていたし、泊めてやることも多かった。チカコも俺となにかあってこの家を出ると、いつもナミちゃんのところに行った。俺と智己に文句はなかった。それは俺たちにも便利なシステムだったのだ。――そっち行ってる？　彼女とケンカしても、そうメールするだけで事足りたから。

そしてそれはもう、なくなった。

俺はナミちゃんの前にしゃがみ、ぽんぽんと頭を軽く叩く。

「どうする？　智己呼ぶ？」

頷くと思った。冷静に考えて、チカコがおらず、散らかっていて、見知らぬ女が使ったばかりのベッドしかない家に、親子で泊まりたいとは思えなかったのだ。

だが泣きじゃくりながらも、ナミちゃんは首を横に振った。俺は驚いて手を引っ込める。涙でいっぱいの瞳がこっちを向く。

「あの……、あのね、あの家に、いたくないの。だからね紘一くん、」

今夜だけ、泊まってもいい？

アパートを出て、煙草をくわえ、すぐに智己に電話をかけた。ワンコールでやつが出る。

「――どうなった？　へいき？」

「だめ。泊まってくって」

「マジで？　そんなに怒ってた？」

「怒ってたっていうか……」俺はおりてきたばかりの階段を振り仰ぐ。「家にいたくないらしい」

「は？」

「その家にいたくないんだと。だから、俺がそっち行くから」

「いいけど。家にいたくないってなに？」

「俺が知るかよ」

そんなのはこっちが説明してほしいくらいだ。智己が数秒黙る。

「……で、紘一はいまこっちに向かってんの？」

「いや、コンビニ行くとこ。うち、食い物がほとんどないんだよ。ナミちゃんになにか買ってくとしたら、なに？」

「麦茶。あと、なんかふわふわしたもん。ロールケーキとか蒸しパンとか……」

「それだけ？　赤ん坊には？」

「でかいカバン持ってた？」

「うん」

「ならいい。あれにぜんぶ入ってる」

「クソ重いな、あれ」

「……うん」

智己の声が小さくなる。俺はため息をついて笑った。

「三十分くらいで行く。俺だけだからって飲むなよ」

飲まねえよ、の返事を聞いてから電話を切った。コンビニで智己に指定されたとおりのものをカゴに入れ、ついでに朝飯になりそうなバナナやヨーグルトなんかを足す。レジに立つ店員はマスクをしていて、俺はそれを見て、自分がマスクをしていないことに気づいた。仕事では忘れないのに、こういうちょっとした外出ではいまだに忘れてしまうことがある。あまり熱心に防ぐ気がないのかもしれない。

感染するというのを、いまいち実感を持って想像できない。自分が感染してだれかが困る、というのは、もっと想像できない。

アパートに戻り、玄関のドアを開ける前に深く息を吐いた。しんとした空気を感じて、俺はなるべく静かに寝室に入る。ミイナは寝ていて、ナミちゃんもソファに突っ伏していた。部屋の湿度がいつもよりも高いような気がする。家に帰ったら赤ん坊とその母親が眠っているという状況は、未知のウイルスが流行（はや）って世界中がパニックになっている現実よりも、よほど奇妙に感じられた。

冷たいものは冷蔵庫に入れ、残りはダイニングテーブルに置く。クローゼットを漁って替えの寝具を引っ張り出した。ベッドでばさばさやっているとナミちゃんが起きて、「あ、いいよ、そんなの……」と寝ぼけた声を出す。

「もう終わったから。しわくちゃだけど洗ってあるし。寝るならこっちでちゃんと寝な」

ナミちゃんは寝ぼけ眼（まなこ）のまま、ミイナをベッドに移動させた。小さい。俺は一瞬だけ見下ろし、すぐに目を逸らした。ふわふわしている、という漠然としたイメージだけが頭に残る。

「食いもん、テーブルに置いてあるし、冷蔵庫にも入れといた」

「ありがと」

「チカコのものでもなんでも、好きに使っていいから。連絡も、俺にでも智己にでも、いつでもして。いい？」

ベッドの上でこくんと頷く彼女は、寝起きだとますます子どもみたいに見えた。「おやすみ」と告げ、明かりを消して家を出る。一個しかない鍵は持っていくことにした。昼くらいまでは別にどこにも行かなくて平気だろうし、もしどうしても外に出る必要がナミちゃんにあれば、開けっ放しで行けばいいのだ。盗られて困るようなものはない。

大事なものはなにも。

そっとドアを閉めて鍵をかける。もうすぐ三時だったが、俺のほうは、酔いも眠気も完全に覚めていた。


智己の家は、うちから徒歩十分ちょっとの距離にある。

こんな時間に出歩くのはいつぶりだろうか。休日なのに夜道に人の気配はなく、静まり返っていて不気味だった。ちかちか点滅する街灯を見上げて、ゾンビが出てくるシューティングゲームを連想する。あの暗い角から突然出てきて。ぱっと。撃ち殺す。——中学生みたいな妄想。

アパートの階段をあがりながら、ここに来るのもひさしぶりだ、と思った。ミイナが生まれてから来る機会がぐっと減った。というか減らした。来ちゃいけない気がしていたし、紙オムツやら哺乳瓶やらがあるような空間に、来たいとも思わなかった。

チャイムを押す。

「ほんとごめん」

ドアを開けた智己が、首をすくめて言う。思ったとおり上下ともジャージだった。酒は入っているかもしれないが、酔ってはなさそうだ。

「いいよ別に」

そう返しながら、狭い玄関の隅にたたまれたベビーカーに視線を向ける。下駄箱の上にはマスクの箱、クマのおもちゃ、ミイナの写真を入れた写真立てが置いてある。他人の家だ。俺はこういうことを考えたくなかったから、ここに来ないようにしていたんだろう。

ほんの少し前まで、智己の家は自分の家とおなじだった。あらゆる意味で。でもいまは、なにからなにまでちがう。匂いとか、手触り、みたいなものが。

「なんか飲む？　酒はないけど」

「麦茶」

「マジで？」

「あるだろ」

「あるけど。紘一と麦茶って」

智己が笑いながら冷蔵庫を開け、ピッチャーからグラスに注いだ。茶色い液体の中にティーバッグがぷかぷか浮かんでいる。智己とピッチャーって。そう、内心だけでつぶやく。ダイニングテーブルにはベビーチェアが加わっていて、小さなテーブルには食べかけの離乳食のカップが置いてあった。俺はその斜め前に腰をおろす。テーブルの角にクッションみたいなのがついているのに気づいて、爪の先で引っ掻くようにして触った。

「あのさ、言ってなかったけど」

「うん」

「俺、チカコと別れたんだよ」

「――は？　嘘だろ」

振り返ると、智己は台所から出てきたところで固まっていた。

「ほんと」

「いつ？」

「二週間くらい前」

「え？　マジで？」勢いよく置かれたグラスから麦茶がこぼれたが、智己は気にすることなく向かいに座る。「嘘でしょ。なんで？　本気のやつ？　距離置くとかじゃなくて？」

俺は一瞬だけ笑ってしまった。周りがショックを受ければ受けるほど、自分がなにかを諦めていくのを感じる。

「うん、たぶん」

「どういうこと？」

「出ていかれた」

「いつ？」

「だから、先々週」

「なんで言わなかったんだよ」

よく冷えた麦茶を一口飲む。他人の家の味がする。

「……最初は、放っておけば帰ってくるかと思って。途中でそれはないって気づいたけど、まあ、なんかタイミング逃した」

「なんかしたの？」

探るような目。当然だ。俺だって智己から「ナミが出ていった」と聞かされたら、こいつに原因があると思うにちがいない。

「心当たりはなにも」

「手ぇ出さなくても、ケンカくらいしただろ」

「直近はない」

「女」

「ない」俺は立ち上がる。「でも、今日ナミちゃんには見られた」

「え、もう新しいのがいるってこと？」

「いや、会ったばっかの」

もう会うこともないだろう。

智己もついてきて、二人で台所の換気扇の下に立った。煙草をくわえ、箱を智己に差し出す。こいつは月にだか週にだか、買える箱数が決まっているのだ。だから一緒にいるときは分けてやる。

「真っ最中にナミが行ったわけでは……」

「ちがうちがう。終わって寝てた」

「女の子はどうしたの」

「そりゃあ帰したよ」

「……ごめん」

「いいんだけどさ。ナミちゃんのほうがかわいそうだったかも。チカコに会いにきたようなもんだろうし」

「俺、お前らはさあ……」

智己はそこまで言いかけ、俯いて煙を吐いた。言われなくても続きはわかった。お前らは結婚するんだと思ってた、そういうことだ。一年以上付き合ったのも、同棲も、智己の彼女——いまでは結婚相手——とこんなに仲良くなったのもチカコが初めてなんだから、そう思うのも当然だ。そうすれば俺たち四人は二組の夫婦となり、そのほうが集まりとして安定するような気もしていた。実際にどうだったかは置いておくにせよ、印象として。

しばらく、換気扇のごおという音だけを聞いていた。俺が智己の言葉の先を知っていることを、智己は知っている。俺はぼんやりと、目の前の水切りカゴを眺めた。哺乳瓶、赤ん坊用の小さなスプーン、プラスチックの皿。うちにはないもの。

「仕事は？」

俺は訊いた。智己は居酒屋の雇われ店長をしている。この前話したときは、団体の予約がゼロになった、と嘆いていた。

「がらがら。潰れそう」

「俺が今日行った店も、ぜんぜん客いなかった」

「よく女の子見つかったな。チカさん以来？」

俺は目を逸らしてすぐには答えず、シンクの水滴で煙草を消して、三角コーナーに吸い殻を捨てる。「何人目だよ」察したらしい智己が驚いた声を出す。

「三人」

「お前、絶対浮気してただろ」

「してないって。チカコがいなくなってからの話」

「二週間で？　なんでいきなりそんなにモテてんの」

「ちょうどいいと思われてんだろ」

不思議なことに、彼女が出ていったからいまひとりなんだよね、というのは、呑み屋で口説き文句として機能するらしかった。じゃあ私が慰めてあげようか、そんな感じになる。あるいは、単にみんな寂しいのかもしれない。ひとりでいるのが嫌なのか。ふたりならいいのか。だれでもいいのか。

「いいなあ。俺もあいつがいないうちに遊んでこようかな」

こいつ殺してやろうか、という気が、一瞬だけ起こった。振り返ったら智己と目が合って、俺たちはこの数秒の間にお互いが考えたことを、正確に察する。俺は智己が、いまの発言が冗談にしてもタチが悪かった、と思ったことをわかっている。智己は俺が、自分の軽口に殺意にちかいものを覚えたことをわかっている。

十年前だったらそのまま殴り合いに発展していたようなぴりぴりした空気が立ちのぼり、すぐ消えた。自分たちがいまだにこんな瞬間を迎えることに、俺たちは呆然とする。

「シャワー借りる」

俺は言った。


俺と智己はおなじ施設で育った。出会ったのは小二の頃だが、最初から仲がよかったわけではなく、特に中学のときは最悪といってよかった。「死ねばいいのに」とお互い本気で思っていた。おなじ年齢で、おなじ施設で学校で、おなじくらい乱暴でおなじくらい大人たちから嫌われていた。鏡を見ているみたいで我慢できなかったんだろう。俺は智己が気を失うまで殴ったことがあるし、智己は俺を階段から蹴り落としたことがある。中坊の頃はとにかく、どうすることもできなかった。

高校に入ると多少落ち着いてきて、すれ違ってもシカトし合えるくらいにはなったある日、学校の近所で、智己が当時の彼女と話しているのを見かけた。正確には、それは約束をすっぽかされた彼女がブチ切れて智己に罵詈雑言(ばりぞうごん)を浴びせているところだった。最初は黙って文句を聞いていた智己が、なにかに反応して顔をあげる。

あ、と思った。

次になにが起こるのか、俺は知っていた。だから咄嗟に駆け寄って、やつが彼女に手をあげるより前にやつに殴りかかった。想定外の方角から攻撃を喰らい、智己が派手に転ぶ。すぐに起き上がったやつは、こっちにタックルしてきて、倒れ込んだ俺に馬乗りになって二、三発殴りつけてきた。そしてやめた。そのとき初めて相手がだれだか気づいたようだった。女はとっくに逃げていた。俺はやり返すことなく、ただ智己を見上げた。

それから俺たちはスーパーに行ってアイスを買い、保冷剤で頬を冷やしながら公園まで歩いた。ベンチに座ってアイスを食った。

「なんでお前が殴ってきたのか、俺わかるよ」

と、智己は言った。

「俺がやりそうになったら、お前が止めろよ」

と、俺は返した。

初めて目が合った。睨み合う以外で。

だめなんだ、頭ん中が熱くなると、なにがなんだかわからなくなる。「かっとなってやった」って、あれ、よくわかるよな。わかる。女殴ったことある？　あるよ。グー？　パー。いまんとこな。でもさ、わかんないよな、いつか……。怖くねえ？　だから、お前が止めろって……。

どちらがどちらの言葉だったかは、もはや覚えていない。どちらでもいい。とにかく俺たちは、いままでだれにも打ち明けることのできなかったこの真っ黒な衝動が、互いにだけは通じることを知った。いや、たぶんずっと前から知ってたんだろうが、そのときにようやく認めた。それで少し楽になった。張り合い続けるのをやめることで、初めて仲間を手に入れた気がした。

こんなふうに、暴力を振るっては周りも自分もぶっ壊していくみたいな生き方はここで終わらせたい、みたいなことを、俺たちは話し合った。

その後もときどきケンカはしたが、馬鹿みたいな暴力沙汰を起こすことは減っていった。高校を卒業してからは古い木造アパートを借りて一緒に住んだ。最初はアルバイトを転々とした。短気はなかなか直らなかったのだ。でも、二人ともが無職になるとヤバいことにはすぐ気づき、少しずつ我慢することも覚えた。片方が吐くまで飲んで帰ればもう片方が面倒をみたし、片方が風邪を引けばもう片方が看病したし、片方が遅刻を繰り返したら、もう片方がいい加減にしろと叩き起こした。そういう低レベルなところから始まって、四年ほどの同居の果てに、数ヶ月差で定職を手に入れた。智己は居酒屋、俺は小さな不動産会社の営業。それをきっかけにようやくひとり暮らしをすることになったわけだが、半ば当然のこととして、家は近所にした。徒歩圏内にはコンビニと互いが必要な気がした。なにかあったとき、それさえあれば、どうにかなるように。

彼女ができたら必ず相手に紹介した。俺たちはけっして自分を信用しなかった。連絡先を交換するとき、「こいつとなんかあったらいつでも電話してね」と言うと、みんな不思議そうな顔をした。ずっとその意味が通じなければよかったのだが、残念ながら、実際に使われることもあった。たとえば智己が彼女の家の壁に穴をあけたとき。たとえば俺が彼女を突き飛ばしたとき。それがいつでも、どこだとしても、呼び出されれば相手のところに駆けつけ、止めた。

この世にひとりだけ、自分が絶対に暴力を振るわないと誓える相手がいるとすれば、それは智己の彼女だ。智己は俺の彼女だと言うだろう。

子どもができることは想定していなかった。俺たちは親になれる気がしなかった。施設での親との面会は早々になくなったし、いまとなっては行方すら知らない。〝家〟も〝家族〟も、なんか聞いたことのあるもの、でしかない。

　出会いは俺のほうが先だった。俺とチカコがくっついたり別れたりを繰り返している間に、智己は自分の店のバイトだったナミちゃん——当時はまだ学生だった——から元彼によるストーカー被害を相談され、聞いているうちに情が移り、避難させるついでに同棲を始めた。そうしたらチカコが、自分たちも一緒に暮らそうと言い出した。俺が智己に影響されやすいことを、あいつははじめの頃から見抜いていたので。

　ある日、話があるからナミちゃんの家に行こう、とチカコに言われて、俺はよくわからないまま ついていった。到着すると、智己もよくわかっていないようだった。女たちは並んで座り、俺たちはその向かいに座らされた。別れ話かと思った。どっちかの、あるいは両方の。

　——赤ちゃんができたの。

　チカコに肩を抱かれ、涙ぐみながらナミちゃんは言った。俺は智己を見た。固まって、顔色を失っていた。ナミちゃんは俯き、でもはっきりした声で続ける。

　——産みたいの。

　おなじ施設で育って、おなじアパートで暮らして、おなじタイミングでひとり暮らしを始めた俺たちの道は、そんなふうにして分かれた。

　洗い場にはふかふかのマットが敷かれ、浴槽の縁にはアンパンマンのおもちゃが並んでいた。鏡に映っているのは、やたら背が高く、黒髪の乱れた、目つきの悪い男だ。左肩には女につけられたらしい引っ掻き傷がある。足の指の間をお湯が流れていくのを見下ろして、自分がこの空間を汚しているような気分になった。三分で出て、パステルピンクの、ふわふわのタオルを腰に巻く。アホみたいだ。

部屋に戻ると、台所の明かりだけを残してあとは消されていた。さっきは閉じていたダイニングと寝室の間仕切りが開け放たれ、そこに敷かれた三枚の布団が目に飛び込んでくる。川の字になる、とかいうやつだ。真ん中の布団に寝転がってスマホをいじっていた智己が、起き上がってTシャツと短パンを投げつけてくる。

「これ、俺のTシャツじゃね」

「そ。だから返す。ってかお前痩せただろ」

「なくしたと思ってた。いつからあったんだよ」

「知らね。お前んちにもあるだろ、絶対、俺のなんか」

あるかもな。シャツに首を突っ込むと、もう他人の家の匂いがした。麦茶を飲み干してから煙草をくわえる。「こっちで吸えよ」と智己が言う。

「そっちで吸ったら、ナミちゃんに怒られんだろ」

「窓際ならへいき」

からからから、と智己が窓を開ける。俺は仕方なく寝室に足を踏み入れた。いかにも家族の空間、という感じがする場所に入る前にひと息つきたかったから、煙草に手を出したのに。

向かい合って腰をおろすと、網戸から入ってくる風が、湯上がりの身体に冷たくて気持ちいい。

「なんで蹴ったの」

自分のに火をつけてから、煙草とライターを智己に向けて滑らせた。智己の視線が一瞬だけ俺の斜め右後ろ――ミイナの布団があるほうに向けられる。座布団みたいなサイズだ。俺はさっき自分のベッドに置かれた赤ん坊の姿を思い浮かべる。小さくてふわふわしたもの。

「ケンカして」

「なんで?」

「くだらないやつ」

「だいたいそうだろ」

「……なんか最近よく怒られんだよ。ティッシュとかトイレットペーパーとか、使いすぎだって」

「ああ、お前よく使うよな」

「は?」智己は驚いた顔をした。「そうなの?」

「うん。ティッシュとか、二枚取るのが癖になってんだろ。二人で住んでるときはよくわかってなかったけど、ひとりになったら全然減らなくて、お前のせいだったって気づいた」

「言えよ」

「そんな機会ないって」俺は短く笑う。「あれだろ、いま売ってないからだろ」

「そう。ミイナも使うから、すげえ減るみたいで。で、明日の朝イチで買ってこいって言われて、やだよ寝かせろよってなって、言い合いになって、布団蹴った」

項垂(うなだ)れた智己を数秒眺め、俺もミイナの布団に目をやる。いまは綺麗に整えてある。軽いんだろう。あれはふわっと宙を舞っただろうか。周りに並んだぬいぐるみも一緒に吹っ飛んだだろうか。かっとなった智己の形相に身をすくめるナミちゃんの姿が、目に浮かぶようだった。

「子どもになんかしたことあるか?」

智己の身体がびくりとした。やつは首を横に振ってから、ゆっくりと顔をあげる。怯(おび)えるみたいな瞳。

俺はそういう目を見たことがある気がする。

ずっと前。子どもの頃。

「ないけど。でもさ……」

「うん」

「わかるだろ」

「うん」

「あんなの、扱い方間違っただけですぐ死にそう」

無理だって、とあの日智己は言った。妊娠の事実を聞かされてパニックを起こした智己を、俺はとりあえず家の外に連れ出した。チカコの視線で、自分が連れてこられたのはそのためだと察したからだった。

——俺には無理だって。お前だってそう思うだろ。俺、だって、毎回ちゃんとゴムつけて……。そんなつもりなかった、全然。どうやって育てんのか知らねえし。産むって、俺、結婚するかどうか決めてなかったのに。親とか無理だって……。

煙草を取り出そうとするやつの指先は震えていた。俺は、気を抜けば自分も震えてしまうんじゃないかと思った。地面がぐらぐら揺れて、どこかに摑まらなきゃいけない気がした。

——でもナミちゃんは、あれ、産む気だろ。

いくらナミちゃんが歳下で、世間知らずなところがあるにしても、智己がこの報せに大喜びする、なんて彼女は考えていないようだった。それは妊娠を告げたときの表情から一目瞭然だった。隣にいるチカコもわかっていた。堕ろすつもりはなく、智己に捨てられたとしても産む。そしてチカコは支える気でいる。女二人にはそういう気迫があった。智己もわかっていた。俺たちはそれも怖かったのだ。母親の強さ、とかいうものも、知る機会のないまま生きてきたので。

俺たちは顔を見合わせた。いつかの公園でそうしたように。あのとき終わらせたいと思ったものは、あくまで自分たちの生き方で、他人の分まで背負い込むつもりは全然なかった。そんなことができるとも、したいとも考えていなかった。でも、いま逃げ出してなにもなかったことにできるほど、智己だってもうそこまで馬鹿ではないはずだった。優柔不断だが、その分優しいのだ。俺よりも。

それにここで逃げ出したら、俺たちが高校の頃から少しずつでも獲得しようとしてきたなにかが、救いようのないほどぶっ壊れる予感がした。それも怖かった。またやり直しになるのだ。たぶん前回よりさらに低いところから。そんでまた何年もかけて——。

——お前は残るよ。

終わんないって、そんなことやってたら。

俺は言った。

——それで俺は、お前のいるところにいる。

「……お前ほんとに、チカさんが出ていった理由に心当たりねえの」

網戸を開けて、智己はベランダにあった灰皿代わりの空き缶を室内に入れた。俺は手を伸ばして灰を落とす。いつからなにが溜まっているのかもよくわからない真っ黒な水。これは、ここにはもう似合わない。俺の家には合うかもしれない。

「ないけど。でも、計画的だった感じするし、前から考えてたんだろ」

「連絡した?」

「通じない」俺は煙を吐く。「なんかさ、笑えたのが、あいつ花粉症だったから、うち元々マスクのストックが結構あって、それを一箱だけ置いてってくれて。買えないのはかわいそうだと思われたのかな」

智己は唇を尖らし、笑えねえよ、という顔をした。俺はそれすら可笑しく感じた。

「たとえばさ」

「うん」

「日本がある日突然どっかと戦争始めて、外に出たらいつ撃たれて死ぬかもわかんねえ、みたいな状況になってたら、あいつまだ、うちにいたと思うんだよ」

「なんだよそれ」

「家の話」俺は返す。「それかゾンビが外うろついてて、気を抜けば襲撃されるとか」

「そういうの昔ゲーセンでよくやったよな」

「ああ。ここ来るときに思い出してた」

「なんで?」

「感染したら死ぬかもしれないウイルスが流行ってるだけじゃだめだったんだなって」

「……なにが?」

「チカコにとっては」

智己は眉間に皺を寄せ、数秒考えた。それから長く息を吐いた。

「紘一」呻くような声。「俺、そんな話、ぜんぜん聞きたくない」

煙草を消す。黒い水が、じゅ、と鳴る。智己のも奪って中に突っ込んで、缶はベランダに戻した。窓を閉めてカーテンを引く。智己がゆっくりと顔をあげる。

「ナミちゃんがなんて言ったか、教えただろ」

「――家にいたくないって」

「どうにかしろよ」

「どんなふうに？」

「……安心、できるように、みたいな？」

「知らねえもん、そういうの」

「ああ」俺は笑う。「でもここ、ちゃんとそれっぽくなってるよ。すげえ居心地悪いもん」

「慣れろよー」

「慣れるから。お前も壊すなよ。続けろよ。お前ちゃんとやってるよ、俺が思ったよりずっと」

智己は泣きそうなのを誤魔化すために自分の髪をぐしゃぐしゃにした。俺は智己の肩を軽く小突き、立ち上がって台所の明かりを消しにいった。智己が真ん中の、ナミちゃんの布団に潜る。俺はその隣の智己の布団に寝る。なつかしいような、まったく知らないような、この気配。

「薬局って駅前の？」

「そう」

「九時オープンだよな」

「いま行列だから。でもまあ、八時二十分くらいに出ればイケる」

スマホのアラームをセットして二人の真ん中に置く。

おやすみ、と言った数分後には、智己はいびきをかき始めた。俺は浅い眠りを繰り返し、外が明るくなってきてから諦めて布団を出た。たぶん二時間も寝ていないだろう。台所で煙草を吸い、インスタントコーヒーを淹れる。隣の部屋から、熟睡する智己、カーテンの向こう側の朝、隙間から射し込んでくる光と寝室の隅に積まれた紙オムツの山、そういうのを眺めて過ごした。

別にウイルスがあってもなくても、俺たちの明日なんてずっとこれくらい不確かで脆くてどうしようもなかったよな、と思った。

でも、それでも。

八時すぎにはもう薬局前に着いた。

俺がやたらと早く智己を起こしたせいだ。入り口の前には、夜明けと同時に並んでるんじゃないだろうなと突っ込みたくなるような婆さん三人組が陣取って喋っていたものの、ほかにはだれもいない。

「こんなに早いの初めてだ」

智己がまだ半分寝ているような口調でつぶやき、マスクをずり下げてコーヒーを飲む。

コンビニで買ってきた朝飯を、立ったまま片付ける。俺は眠くはなかったが、頭がうまく回っていない感覚がした。そのうち少しずつ人が増えてきて、後ろに列が伸びていく。日曜の朝、老若男女、みんなマスクをしていて気怠げで、俺は数年前、パチンコにハマっていたときの開店待ちを思い出す。あの頃よりは健全か。そうでもないか。

「なんかさ、みんな意外と、生きたかったんだなって思わない？」俺は言う。

「……ん？」

「だからさ」俺は智己のほうを振り返る。「ナミちゃんには連絡したのか？」

智己はまばたきをして、「あ」と声を出した。すぐにスマホを取り出す。返信がくるとわざわざ画面を見せてきた。「十時前には行く」「ありがと」というやり取りの最後に、寝ているミイナの写真が添えられている。不意打ちだったので、赤ん坊の顔がまともに目に飛び込んできた。たしかに智己に似ているパーツがあって、でも俺は、それが微笑ましいというよりも漠然と怖い。

智己を見る。テンションの低そうな仏頂面だ。

「平和だな」俺はコメントする。

「おかげさまで」智己がスマホをポケットに戻し、俯く。

本当は。

本当は、チカコがいなくなった理由について、思い当たる節がないわけではない。

子どもができにくい体質なの。そう打ち明けられたことがある。まだ同棲を始めて間もない頃、ナミちゃんの妊娠が判明するよりもずっと前に。テレビを観ていた俺は、唐突にそんな話題を振られて面喰らった。

——でも紘一って、子ども欲しくないんだよね。

俺は一瞬振り返り、目が合う前にまた画面に戻った。うん、欲しいと思ったことない。自分に育てられるとも思えない。なるべく何気ない口調を装いつつ言い返し、頭の中では、なんでいきなりこんな会話が始まったのか考えた。家族愛がテーマみたいなドラマが流れてるからか？　できにくいって、なんだ。できないのとはちがうのか。二十代半ばの女というのは、みんなそんなことを知ってるんだろうか。調べるのか？　病院とかで？

あらゆる疑問が噴出したが、口にしていいものか判断しかねているうちに、「ならよかった」とチカコは言い、すぐに話題を変えた。それでおしまいだった。以来、俺たちの間でその手の話は一切出なかった。ナミちゃんに子どもができてからも。ずっと、一度も。

俺は訊くべきだったんだろうか。——チカコは子どもが欲しいの？　とか。

だけど俺は、そうしなかった。欲しいと思ったことない。ならよかった。そのやり取りで終わらせたかった。

もしかしたら、あいつは子どもが欲しかったのかもしれない。あるいは欲しくなったのかもしれない。ナミちゃんの傍にいるうちにそういう気持ちになったとか。そして俺との暮らしぶりを振り返り、こいつと〝家族〟は無理だなと思ったんだろう。まず俺にそういう気がないし、彼女の体質というのがどんなものであれ、智己たちのような〝事故〟が起こることは望めない。俺もチカコも、そういう迂闊さを自分に許せないからだ。だがミイナを見守るのが苦痛になったとして、たとえば俺とふたりでどこか遠くに行けるのかと言えば——。

みんながだめになる未来しか見えない。

チカコは頭がよかった。ナミちゃんを可愛がっていた。あの子といると優しくなれるの、と言っていた。俺になんの選択を迫ることもなく、ただいなくなった。

こんなつもりじゃなかったんだ、と言いたくなる。こんなつもりじゃないんだ。いつも。もう遅い。

「智己」

「うん?」

「ここで買うもの、ぜんぶお前にやるよ」

「えっ、ティッシュも?」

「うん。俺別にいらねえもん」

「マジか。ナミが喜ぶ。いや俺も嬉しい、めっちゃ助かる」

智己は本当に嬉しそうな顔をした。俺は薄く笑う。なんでもやるよ。お前らがいるもんなら、なんでも。自分にはそれくらいしかできないから。

九時きっかりに、店員が入り口を開ける。

行列は三十人ほどになっていただろうか。一斉に雪崩れ込むのかと思いきや、そこまで野蛮なことにはならなかった。みんなせいぜい早足くらいだ。マスクは入荷待ちだったものの、智己が欲しがっていた紙類は無事に手に入り、洗濯用洗剤やボディソープの詰替など、重たいものもひととおり買った。俺はなにも言わなかったが、智己が家の洗剤の残量を把握していることに、内心かなり驚いた。

お前ちゃんとやってるよ。

智己の家に一旦帰り、玄関に戦利品を置いて外に出て、俺の家まで徒歩十分ちょっとの距離を歩いた。「昼飯みんなで食う?」やや躊躇いがちに智己が訊いてくる。こいつは俺が赤ん坊を嫌っていると思っているのだ。前でナミちゃんがミイナを抱えて立っていた自販機に目を向けながら、俺は「いや、いい」と返す。

「寝直したいから。さっさと帰って仲良くしろよ。チカコがいないってわかったら、ナミちゃんもここ来づらくなるだろ。ちゃんとしないと、次こそヤバいぞ」

「脅すなって……」

「怖いのはわかるけど」

「うん」

「これでひとりになったら、お前絶対寂しがるからな」

アパートの階段の途中で振り返る。智己は困ったような笑みを浮かべていた。

鍵を開ける。

ただいま、となぜか智己が言う。ぱたぱたと出てきたナミちゃんは、泣きそうな顔で智己を見上げた。「ごめんて」と智己が頭をかく。

「ティッシュもトイレットペーパーも買えた。紘一も一緒だったから、ぜんぶ二パックずつ」

紘一くん、なにからなにまでごめんね、ありがとう。ナミちゃんのお礼を「いいんだよ」と聞き流しながら、俺はさっさと靴を脱ぐ。廊下を歩く。俺の家だが、なんだかもうよくわからない。ほんの八時間ほどで空気が入れ替わったような。テーブルの上には離乳食の容器がある。寝室が前より片付いて見えるのは気のせいだろうか。ベッドにはうさぎ柄のブランケットが敷いてあり、ミイナはその上で寝ていた。

——扱い方間違っただけですぐ死にそう。

それは優しい言葉だと思った。少なくとも俺たちにとっては。

智己はまず手を洗い、例のでかいカバンにナミちゃんの持ち物を入れていった。ナミちゃんがこっちに来て、慣れた様子で赤ん坊を抱き上げ、寝ているミイナに微笑みかけた瞬間、そこに見たことのない柔らかさを感じて俺は少し驚いた。彼女が片手でブランケットを持ち上げようとしたので、俺は横から取り上げる。

「たためばいいの?」

「あ、うん、ありがとう……」

ちょっとびっくりしたようにこっちを見上げた彼女の顔は、いつもどおり幼い。いましがた、たしかに一瞬、ちがうように見えた気がしたのに。

「紘一くん」

「ん?」

「ありがとう。ミイナね、すごくよく寝たの。私もだけど」

「いつでもおいで。ここには、いびきかくやついないから」

彼女は声をあげて笑った。「俺の悪口言ってるな」と突っ込みながら近づいてきた智己の持つカバンにブランケットを入れる。赤ん坊の周りというのは、ふわふわしたものばっかりだ。智己は手を伸ばしてミイナに触れ、思い出したように、カバンから新しいマスクを取り出してナミちゃんに渡した。ちゃんと夫婦みたいだ。玄関まで二人についていきながら、俺は当たり前のことを思う。

「東京も外国みたいにロックダウンするのかなあ」

「そんなことになったら店潰れて、俺ら路頭に迷うぞ」

「トモくん、ウイルスとか関係なく、もう一年くらいそんなこと言ってるじゃん」

「ってか、ロックダウンって具体的にどうなんの？」

「家から出ちゃいけなくなるんでしょ？」

「家族以外とは会えなくなるんだよ」

俺は口を挟んだ。そうなったらお前ら、仲良くするしかないんだからな。そう続けようとしたのに、スニーカーを履いた智己が振り返り、「そうなったらさ」と呑気な口調で遮（さえぎ）った。

「紘一もうちに連れてこようぜ」

智己にミイナを渡し、今度はナミちゃんが靴を履く。彼女は「紘一くんがいいならね」と笑ってこっちを見上げた。俺は廊下に突っ立ったまま二人を見下ろす。ちがう、三人か。

「――馬鹿言うな。狭いだろ」

なんとか返した自分の声が、やけに遠く聞こえた。「じゃあ私たちがここに来ようか」「それもいいな」二人は無邪気に言い合いながらドアを開け、おやすみ、またね、また来るね、と手を振ってくる。俺はばたんとドアを閉めた。鍵をかけようとしてやめ、二人の話し声が聞こえるうちは、その場に留まった。彼らが階段をおりていく音が消えてから、やっと鍵を閉める。

「……馬鹿言うな」

本当にあいつらは。

廊下を戻り、マスクをテーブルに放り、ベランダに出る。煙草をくわえて火をつける。時間をかけて吸い終えても落ち着かなかった。中に入って台所に立ち、ナミちゃんが洗い物を片付けてくれたことに気づく。コップに汲んだ水を飲み干して、は、と息をついた。がらんとした空間。自分の家だ。

家中の明かりを消し、カーテンを閉める。薄明るい。ベッドに寝転ぶと、背中の真ん中あたりが温かくてぎょっとしたが、すぐに体温が——あの小さな赤ん坊の体温が——残っているのだと思い当たった。

目を閉じる。

明日世界は終わらない

始まりは夏だった。

八月の終わりの新宿。

俺はどうにか内定をもらって、お祝いに同じゼミのやつらと飲みにいって、べろべろに酔っ払っていた。二軒目の途中から記憶はところどころ飛び始め、でも、最初は野郎しかいなかった中に、だれかの知り合いだという女の子が加わり、その子がかわいくて、やたらはしゃいでいたのはたしかだ。最初は大勢いたけど気づいたときには五、六人しか残っておらず、その中に女の子がいたので俺はとにかく嬉(うれ)しかった。道端で歌い出すくらいに嬉しかった。すげえいい、人生は最高だ、という高揚感でいっぱいだった。

よく考えてみれば、もともと欠片(かけら)も志望していなかった小さな会社の営業職に決まっただけであれだけ喜べたのも謎だ。まあでも、大学生の飲み会なんてそんなものだろう。いつもの面子(めんつ)で集まってだらだら過ごすだけで楽しかったし、ほかにやることなんてなにもなかった。

同期たちは俺を犬みたいに引っ張り、何軒目かのバーに連れていった。カウンター近くの薄暗いテーブル席に通されて、俺はお誕生日席、ほかは半々に分かれて座る。店の中でも俺は歌っていた。

「竜朗(たつあき)、お前、静かにしろよ」

同期にどつかれて、なんでだよ、と俺は言い返した。

「この店ヤバいんだよ」

「なにが?」

「声でけぇよ。ここ暴力団の店なんだってさ」

俺は本気にしなかった。相手は声を潜めていたとはいえ、笑っていたからだ。冗談だと思った。終始頭がふわふわしていて、その後に飲んだものがなんだったのかも覚えていないが、美味(うま)かったので何杯か連続して頼んだことはうっすら覚えている。

目が覚めたらひとりだった。

テーブルに突っ伏して寝ていた俺は、顔をあげてぼんやりとした。自分がどこにいるのか思い出すのにしばらくかかった。汚れたおしぼり、空のジョッキにグラス、トルティーヤチップス……。だけど周りのイスは空っぽだ。どういう状況なのか理解できなかった。ここには同期とあの女の子と、みんなで来たはずだ。一人もいないなんておかしい。置いていかれた?

寝ぼけていたので、スマホで連絡を取ればいいのだ、と思いつくまでに三分ほどかかった。

ポケットに手を突っ込んで、スマホの充電が切れていることがわかって少し意識がはっきりした。店内を見回しても見知った顔はなく、店の内装も客層もいつも行くような店より大人な感じがして、俺は急に心細くなった。いまが何時なのかもわからず、自分が見知らぬ場所でひとりきりだという事実だけがはっきりしてきて、ここから出なくちゃ、と思った。

ショルダーバッグがなくなっていることに気づいたのはそのときだった。

一気に血の気が引いた。ない。ない。振り返って自分の座っているイスの背もたれを確認し、その下、テーブルの下、ほかの座席周り、立ち上がってすべてを確かめて回った。ない。は?

そんなことある？　ドッキリ？　呆然として自分の座席に戻ったら、カウンター席の向こうからバーテンダーがこっちを見た気がして、俺はさっと目を逸（そ）らした。

——ここ暴力団の店なんだってさ。

このタイミングで、その台詞（せりふ）を思い出した。

人生の終わりだと思った。金がない。会計ができない。ここが本当に暴力団の店だったとしたら半殺しの目に遭うだろう。普通の店だったら？　説明したら信じてもらえるのか？　最悪通報される。内定取り消し。

俺はふらふら立ち上がった。いろんな感情が混じり合って吐きそうになったからだ。店の奥まで行って便所に入った。そして実際に吐いた。どうする？　どうする？　どうする？　顔を洗って便所を出て、ふと自分が、店の裏口の前に立っていることに気づいた。

ホールのほうに目をやり、だれもこっちを見ていないことを確かめる。息を吸い込み、ドアの前に置いてあった段ボール箱を脇にずらし、ドアノブに手をかけて回した。

もわっとした空気を顔面に感じた。

走り出す。

食い逃げだ。犯罪だ。最低だ。

やってしまったらもう、逃げるしかない。

最初の三秒は死ぬほど怖くて、次の三秒でハイになり、その直後「おい！」という怒鳴り声が後ろから聞こえてきた。一瞬だけ振り返ると、さっきのバーテンダーが裏口から飛び出してくるのが見えた。長身に、黒い長髪。暴力団員っぽい雰囲気はなかったが、実物に会ったことなんてないのだからわからない。

もはやヤクザだろうがそうでなかろうが同じだ。逃げるしかない。捕まったら死ぬ。社会的に死ぬ。内定が死ぬ。

「おいっ」

追いかけられると、人間は本当に逃げるものなのだ。脚が勝手に動く。

中高はサッカー部だった。強豪校ではまったくなかったが、練習はキツかった。だから走れる。逃げ切れる。

だが、バーテンダーは異様に足が速かった。俺は呑み屋の並ぶごちゃごちゃした通りを必死に駆け抜けながら、なんだこれ、なんだこれ、なんだこれ、と頭の中でひたすら繰り返していた。アクション映画か。ぎらぎらしたネオンの看板、通行人や客引きたちが、視界に映ってはぶっ飛んでいく。こんなに目立っていたら、そのうち警察を呼ばれるかもしれない。

バーテンダーは諦めてくれない。

俺は咄嗟に、なるべく人のいないほうの道に入っていった。目撃者を減らしたかったのだ。だんだん息があがってきたものの、ランナーズ・ハイなのかなんなのか、妙な快感を覚えながら突っ走り、いつの間にか路地裏にいた。俺は途中で、この先は行き止まりだと気づいた。薄汚れた壁が行く手を塞いでいるのだ。そして――。

その壁の前にだれかがいた。

外灯は壊れかけたようなやつが一本あるだけで、暗くて、はじめはよく見えなかった。まず目に入ったのは、派手な金髪の男だ。壁と向かい合っているのかと思いきや、その足元に女がいた。地面に座り込んで、後ずさろうとしているように見えた。金髪男は片手になにかを構え、女を追いつめるように近づいていき……。

なんだこれ、なんだこれ、なんだこれ。

二人はほぼ同時にこちらに気づき、驚いた顔で固まった。俺はどうにか目の前の情報を処理しようとした。よくわかんないけど、男が悪者。

俺は立ち止まらなかった。そのまま男にタックルし、勢い余って男とともに倒れ込んだ。女の悲鳴のあと、金髪男の怒声が続く。地面に手をついた俺がぜえぜえはあはあ言っている間に、男は再び立ち上がった。片手に折りたたみナイフを握っている。

そんなことある?

俺は混乱しすぎて笑いそうになった。実際に笑った。脳のキャパが限界を超えたのだ。蒸し暑い夏の夜、酒の入った状態で走ったために膝はがくがくし、全身汗だくになっている。女が、信じられない、という表情で俺を凝視(ぎょうし)していた。なんだ、めちゃくちゃ綺麗な子じゃんか。最高か。

そこにバーテンダーが到着した。

見上げた執念。猟犬みたいなやつだ。

女の子も金髪男も振り返った。バーテンダーは立ち止まり、眉を寄せ、説明を求めるように俺を見た。俺は座り込んだまま、へらへらと手を振った。ようこそ、俺とおなじカオスへ。悪いがこの状況について、俺が教えられることなんてなにもない。

金髪男も、本来ならだれも来そうにない路地裏に次々と人が現れ、パニックになっているようだった。もう女の子のことは諦めて逃げたかっただろうが、バーテンダーが道を塞いでいるのでナイフをしまうわけにもいかず、威嚇(いかく)するように凶器を構え直した。バーテンダーは首をかしげた。やつも俺と同じように、現状について、咄嗟の判断をくだしたことだろう。よくわかんないけど、ナイフを持っている男が一番悪者。

「どけえ！」

金髪男が怒鳴り声をあげてバーテンダーに向かっていく。

一般人だったら百パーセント、逃げるところだ。凶器は怖い。普通は怖い。

バーテンダーは落ち着いていた。どく、というより、かわす、という感じで一歩引くと、見事なタイミングで、どたどた走ってきた金髪男の顔面に靴の先を叩き込んだのだ。金髪男がどさりと倒れる。その場が急にしんとする。

男が気を失ったことを確かめると、バーテンダーはナイフを拾い上げてたたみ、ポケットにしまった。そしてたいして動じた様子もなくこっちを見た。

「ヤクザすげえー」

自身もこの男から逃れようとしていた事実なんてすっかり忘れ、俺はただ賞賛の声をあげてその場に寝転んだ。

Tシャツ越しに、アスファルトの温（ぬる）くてごつごつとした感触が伝わってくる。新宿の暗い路地裏から見上げる夜空なんて綺麗なはずがないのに、俺は大草原にでも寝転がったかのような爽快感を味わっていた。横を見てみると、襲われていた女の子は素早く服装を整えて立ち上がり、バーテンダーと向き合っている。その切り替えの早さにも感動した。なにもかもが映画の中の出来事みたいに感じられて、俺は興奮していたのだ。

二人は、俺と金髪男を放置してお互いの状況を説明し始めた。バーテンダーは、俺を追い回しているうちに出勤途中のキャバ嬢強姦未遂の現場に出くわしていたことを知り、女の子のほうは、金髪男にぶつかってすっ転んで笑い出したクレイジーな酔っ払いが食い逃げ犯だということを知った。俺は二人の話を聞いて自分の現状を理解した。

「あんたのカバン持ってったの、同じテーブルにいたやつだよ」

バーテンダーが俺の脇にしゃがんで言った。俺はよろよろと身体を起こしながら、「あいつらが？　なんで？」と返す。

「知らないけど、笑ってた」

「じゃあ、この人も窃盗の被害者ってこと？」

女の子が憐れみのこもった目を向けてくる。

「そんなはずは」俺は否定した。「一緒にいたの、ふつうに大学の友達だし」

「連絡取れないの？」

「スマホの充電が切れてるんすよ」

「だからって逃げるか？」

俺は急に現実に引き戻された。そういえば自分は、こいつに捕まったら社会的に終わるかもしれないから逃げていたのだ。

「すみません、酔ってたんで。それにあそこ……、暴力団の店だって聞いてたから」

ナイフに動じず、躊躇(ためら)うことなく人の顔面に蹴(け)りを入れるこの男はやはりそうなんじゃないか、という思いが頭をよぎったが、バーテンダーは鼻で笑った。

「なに？　暴力団の店って。経営がってこと？」

「知らないですけど。暴力団って単語が出てくるだけで、なんかヤバそうだし」

「だからさっき、ヤクザがどうのって言ってたのか？」

「ちがうんすか」

「そんなわけあるか。うちは普通のゲイバーだよ」

「は?」

「だれでも入れるけど。基本はゲイバー」

はあ、と俺は頷いた。店の中の様子なんてほとんど覚えてなかったし、なぜ自分たちがそこで飲んでいたのかについては、記憶がなくてもっとわからなかった。

「じゃああなたもそうってこと?」女の子が口を挟む。

「うん、まあ」バーテンダーはどうでもよさそうに頷いた。「で、どうすんの」

「え?」

「警察呼ぶ?」

彼女は金髪男のほうを一旦振り返ってから、俺に視線を移した。

「この人のことはどうするの?」


けっきょく、警察は呼ばれたものの、俺は突き出されなかった。店からバーテンダーに連絡が入り、店に戻った同期たちが俺を捜し回っていることがわかったからだ。後から詳しく聞いたところによれば、どうやらあの店は、例の女の子が興味本位で選んだらしい。同期たちは、まだ内定の出ていないメンバーがいるにもかかわらず、狂喜乱舞して面倒くさい酔い方をし、挙句のはてに爆睡しはじめた俺を懲らしめるために店に置き去りにした。俺のスマホの充電が切れていることなんてつゆ知らず、俺がそのうち目を覚まし、死ぬほど困って電話してくるのを、向かいの居酒屋に移動してみんなで待っていたのだ。いつまで経っても俺から連絡がないので様子を見にいってみれば、騒動になっていてやつらも焦ったという。

警察に対しては、俺はバーにスマホを忘れていった客で、バーテンダーはそれを届けようとして追いかけてきた、という話で押し通した。俺としては二十分くらい走り続けていた感覚だったが、実際の逃走時間は十分弱だった上、曲がり角を見つけては突入していたせいで、バーからあまり離れていなかったのも幸いした。忘れ物をした挙句に道を間違えて彷徨(さまよ)っていた酔っ払い、というのはアホみたいではあるものの、食い逃げ犯よりずっといい。なにより、暴漢から女の子をひとり守れたのだからめでたい。

俺とキャバ嬢とバーテンダーは、その場で連絡先を交換し合った。

キャバ嬢の提案だった。名前は綺子(きこ)といった。彼女は俺のタイプど真ん中だったので、苦労することなく連絡先を手に入れられて俺は大喜びした。俺よりふたつ歳上で、女の子にしては背が高くて、長めの明るい茶髪に気の強そうな目をしていて、美人だというのを自覚している人間特有のオーラがあった。昼間は派遣社員として企業の受付嬢をしているものの、大学生のときに始めた夜の仕事も続けており、週末はだいたい店に入っているという。

家に帰ってすぐ彼女にメッセージを送り、次の週には二人で会うことが決まった。この時点で、これはもしかしたらキャバ嬢の手管かもしれないと俺は不安になった。自分にしてはあまりに順調に進みすぎていたからだ。

そうではなかった。綺子は俺を例のバーテンダーがいるゲイバーに連れていった。

六時半に店に着くと、客はだれもいなかった。空(す)いているのかと思いきや、そもそも開店は七時だという。綺子はバーテンダーと約束し、早めに入れてもらったらしい。俺の記憶では、バーの中はもっと暗くてごちゃごちゃしていたので、なんだかちがう店に来たような気持ちになった。バーテンダーはカウンターの向こうで開店準備をしているところで、俺たちが入っていくと、にこりともせずに「いらっしゃいませ」と言った。

名前は周といった。前回も「顔がいい」とは思ったが、素面で、深夜の路上ではなくてきちんとした照明の下で会ってもその印象は変わらなかった。俺より三歳上、肩より少し長い黒髪をひとつに結んでいて、それがちゃんと似合っている。白シャツ黒ベスト蝶ネクタイという服装も、ピアスだらけの両耳もキマっていて、要は、どんな恰好だろうと着こなせる顔と身体を持っているのだ。

「ジントニック」

俺はそうオーダーした。当時は、それが一番恰好よくて女の子にウケると思っていたからだ。綺子は「フルーツの、甘いやつ」と周に言った。彼女は白いサマーニットのワンピースを着ており、胸元がだいぶ開いていていい匂いがしていて、惚れ惚れするほどかわいかった。

だが、それから三十分ほど綺子が周に話しかけ続けるのを見て、そういうことか、と納得した。お目当てはそっちだったのだ。ならなんで俺を呼んだ。そもそもここはゲイバーで、そいつは男しか好きにならないんじゃないのか。あるいは、たとえゲイだろうと落とす、という自信があるのかもしれない。かわいいもんな。わかる。どちらにしても俺はいらなくないか。財布になる存在が必要だった、そういうことだ。

怒りは湧いてこなかった。路地裏での周の活躍ぶりを目撃すれば、綺子が惚れるのも無理はない。だいたい俺は、女の子と付き合うときは友達から始まり、じわじわ距離を縮めていくタイプなのだ。好きな子から恋愛相談されることには慣れている。しかも今回の彼女の想い人はゲイなんだから、俺のライバルにはならないはず。

「そろそろ店開けるから」

やがて周は、そう言って綺子を遮った。客商売をしている人間とは思えないほど淡々とした口調だったが、この手の男は、なにをしても許されるのだ。開店と同時にどんどん客が入ってきて、俺たちのいたカウンターはすぐ満席になった。どいつもこいつも周を「シュウくん」と呼び、奪い合うような勢いで話しかけている。綺子はもう三十分くらい粘ったものの、やがて諦めて、帰ろう、と息を吐いた。

「どっか別のとこで飲み直す？」俺は訊いた。

「飲み直さない」

ばっさりと断られて、俺は痺れた。すごい。ほんとに俺に金を払わせるためだけに呼んだのだ。仕方ないので会計しようとすると、周は「いらない」と首を横に振った。

「え？」

「いらない」

「なんで？」

「俺の奢り」

周は相変わらず無表情だった。小一時間で俺は二杯、綺子は三杯、つまみもけっこう頼んでいた。それがぜんぶ奢り？

「そんなことあります？」

これで店を出たら、今度こそ食い逃げで捕まるんじゃないか。

周は肩をすくめただけだった。俺がぽかんとしている横で、カウンターに身を乗り出した綺子が、「ねえ、また来てもいい？」と甘えた声を出した。かわいい。

「どうぞ」周が答える。

「また開店前に会える？」

「ひとりで？」カクテルを作りながら、周がちらりと綺子に視線を向ける。

「ひとりでいいの？」

「やってみたら」

できあがったカクテルをグラスに注ぎながら周は言う。女に興味がないと美人に対してもこんなに冷たくあしらえるのか、と俺は奇妙な感動を覚えた。「入れてもらえるといいわねえ」綺子の隣にいた客がにやにやし、綺子の顔が赤くなる。かわいい。なにをしていてもかわいい。

「じゃあ、ふたりで来る」唇（くちびる）を尖らせて綺子がつぶやく。

「ふたり？」と周。

「竜朗くんと！」

たつあきくん。名前を呼ばれて俺は照れた。周がかすかに唇の端をあげて、「じゃあ、また」と頷く。

「ごちそうさまでした！　美味かった！」

俺は機嫌がよかった。綺子に名前を呼ばれ、次回会う約束まで決まり、どういうわけか本日の飲み代がタダになったのだ。だが、店を出たところで綺子にどつかれた。背中を思いきり押されて転びそうになる。

「なに？　どうしたの」

「ムカつく！」

「なにが！」

「ムカつくーっ」

綺子はバッグを振り回し、また背中を殴（なぐ）ってきた。俺はへらへらしていた。よくわからなかったが、女の子が突然怒り出すのなんて自然現象みたいなものだし、好きな女の子に八つ当たりされるのも嫌いじゃない、というかわりと好きだったからだ。

正確には八つ当たりではなかったわけだが、そのときは知らなかった。わかるはずがない。

綺子に呼び出されて二人で周の店に行く、というのを何回かやった。俺が「キャバクラに行ったことがない」と言い出したのがきっかけで、周と一緒に綺子の店に行ったりもした。そのうち三人で待ち合わせて居酒屋で飲むようになり、中途半端な敬語も取り払われた。

「竜朗が夜遊びを覚えた」

大学の同期たちにはそうからかわれた。

そう言われるほど不健全なことはしていなかったと思う。面子と場所が変わっただけで、飲んだり食ったりするだけというのは変わらなかったんだから。ただ、ならなんでサークルやゼミの飲み会よりもそっちを優先したのかと訊かれると、うまく答えられない。

綺子が好きだったから、というのはもちろんある。でもそれだけじゃなくて、二人が生きている世界みたいなものに俺は憧れた。新宿のごちゃごちゃしたネオンだらけの道を、迷うことなく歩く。ネットで口コミを見るのではなくて、知り合いが新しい店をオープンしたとか昔一緒に働いていた子が異動したとか、そういう理由で店を選ぶ。あそこのオーナー評判悪いよねとか、最近あの店流行(はや)ってるよねとか、そんな話を聞くのが面白かった。大学の連中と集まるときはたいてい大人数だったので、三人だけという単位も新鮮だった。要は、ゼミとサークル仲間がすべてという感じで生きていた俺にとって、居酒屋で馬鹿騒ぎする以外の夜の過ごし方を教えてくれた二人は、新しい世界への扉みたいなものだったのだ。一緒にいるだけで大人になれるような気になって、俺は犬みたいについて回った。

綺子と周が、なんでただのアホな大学生と飲んでいるのか、なんて深く考えることもなく。

綺子が初めて泣いたのは、俺たちが知り合った年の冬のことだ。

年末になり、出会ってから四ヶ月くらい経っても、俺たちは相変わらず三人で会っていた。もちろん最初は俺だって、綺子と二人きりで出かけようともした。ことごとく断られた。彼女は、思わせぶりな態度というのを一切取らなかった。俺に恋愛感情なんてない、というのを最初からはっきり示していて、俺はその清々しさが気持ちよくて、諦めるどころかますます好きになってしまって大変だった。周との飲みには誘ってもらえるということは嫌われているわけではないんだろうと思えたし、月に何回か会って、仕事の愚痴を聞いて彼女が酔っ払うところを眺めて一緒に飯を食えるのであれば、当面は充分だったのだ。

綺子が俺を連れ出すのは、そうしないと周に会えないから、とは、知らなかった。

「なんで気づかないの？　周くんは明らかに竜朗のこと好きでしょ」

ある日、彼女はそう言って居酒屋の個室で泣き出した。綺子は酒に強くて、会ったばかりの頃はまったく酔わなかったが、仲良くなるとだんだん強い酒を頼むようになり、酔うと普段より感情の起伏が激しくなった。とはいえ、いつもは口が悪くなるくらいで、泣いたのはそのときが初めてだった。俺は驚くのと同時に、その唐突な発言に笑った。いやいやそんなわけないだろ、と周のほうを見ると、壁に寄りかかって日本酒を飲んでいた周は、すごいな、とうっすら笑った。

「ほんとに気づいてなかったのか。馬鹿だな」

衝撃だった。異性にすら滅多に好かれることがないのに、同性とはいえ、これだけモテるタイプの人間に好意を寄せられるというのは信じられなかった。そんな態度は微塵も――少なくとも俺は――感じなかったのだ。周があっさりと認めたのも、綺子が以前から知っていたふうなのも、嘘みたいだった。

四畳ほどの狭い部屋の真ん中で、あぐらをかいていた俺は、ぽかんとした。

つまりこの空間は、なんだ。

俺は綺子が好きで、綺子は周が好きで、周は俺？

「すげえ、三角形だ」

俺はつぶやいた。綺子が顔をあげ、「ムカつくっ」と言って、どついてきた。酒が入ると暴力的になるのも綺子なのだ。べしっ、ばしっ、みたいな攻撃なのでたいして痛くはない。俺がへらへら笑いながら殴られていると、周が急に立ち上がり、俺たちを引き離してどかっと間に座り込んだ。左腕で俺を、右腕で綺子を抱き寄せる。

周の革ジャンの匂いと、綺子の香水の匂い。

急に部屋が静かになった。

綺子は周の胸に頬を押しつけて、目を閉じてじっとした。あと少し俺が動けば、額同士がぶつかりそうなほど近かった。俺は恐る恐る右手を彼女の背中に回した。綺子は小さくしゃくりあげた。周の腕の力が強まる。左半身にくっついている革ジャンはぺたりとして、周の身体は固くて、鍛えてるんだろうな、とぼんやり思った。嫌悪はなかった。奇妙な安心感すらあった。

あのとき、あそこに流れた短い永遠を。

俺は綺子が好きだった。かわいい、触りたい、やりたい、という気持ちは前からあったけど、あのときになんかちゃんと好きになった気がする。勢いだけじゃなく、高嶺の花への憧れでもなくて、この子、いま目の前にいて酔っ払っていて泣いた後で顔が赤くて、好きな男が自分ではないだれかを好きなことを悲しんでいる女の子の傍にいたい、ちゃんと抱きしめたい、でもそうしていいかちょっとわからない、と思った。人生で初めて。

やがて周が腕をゆるめて、帰るぞ、と囁いた。

周の店でも綺子の店でも、いつの間にか俺たちの関係は知れ渡っていた。夜の世界において、人間関係がぐちゃぐちゃなのは、そうめずらしいことではないらしい。みなが不思議がるのは、三角関係に陥っている三人が、どうして三人で行動するのか、という点だった。

そんなことは俺に訊かれてもわからない。

でも俺たちは、なんていうか、そうやって落ち着いてしまったのだ。

周は俺への好意を認めただけで、それ以上なにをしてくるわけでもなかった。俺は「二人で会おう」と綺子を誘うことができなくなったし、綺子が周にどんなアプローチをしていたかは不明だが、あまり効果はなかっただろうと思う。だから引き続き三人で会うしかなかった。俺たちはそれが嫌じゃなかった。

もちろん、周の矢印がなぜよりによって俺に向いているのか、というのも周囲が理解できないポイントだった。もともとやつは「健やかな馬鹿」がタイプなのだという。ただの悪口だ。知らないけど。

俺は同性からの好意というのにとことん疎かったし、俺を鈍いままで放っておいてくれたのは、たぶん周の優しさだった。もし周がバイとかで、女を抱くこともあったとしたら、三人での関係が長く続いていたとは思えない。振り返ってみれば俺は無神経な振る舞いをたくさんしていたし、周の配慮みたいなものに気づかなかったことだってたくさんあるにちがいないのだ。

健やかでもなんでもない。単なる馬鹿だった。

「ハグ」の習慣が始まったのは、周が俺と綺子をまとめて抱きしめてから少し経った頃だ。

キャバクラの仕事で面倒な客に絡まれて参っていた綺子が、「周くん、一生のお願いだから、三秒だけ抱きしめて」と頼み、周が応じた。なんだそれ、いいなあ、と思っていたら、卒論の締切に追いつめられてふらふらだった俺に、綺子が「竜朗もハグしてあげようか」と提案してくれて、俺は喜んで受けた。

だれかが弱っていたら、そいつの惚れているやつが数秒抱きしめてやる、それを綺子は「ハグ」と呼び、一度定着すると、わりとしょっちゅう発生するイベントになった。なんせ綺子の店には迷惑客が絶えず、俺は無事に大学を卒業してからのほうが、新卒として大変な目に遭った。外国の映画で異性同士のハグを目にするたび、あれをやってエロい気分にならない男のことが疑問だったが、やってみるとたしかにならない。でもめちゃくちゃいい。癒し効果がすごいのだ。綺子のハグがなかったら俺は社会人一年目を乗り切れなかったんじゃないかという気すらする。それくらい救われた。綺子も周に対して同じ気持ちだろうと思う。ただし周が弱音を吐くことはなかったので、俺が活躍する機会はなかったんだけど。

ということで、俺が就職してからも、少なくとも月一、だいたい月二くらいで三人で集まった。会うのはだいたい水曜日で、これは二人が、俺のノー残業デーに合わせて休みを取ってくれたからだ。

知り合いのいる店に行くこともあったが、チェーン店でもいいから、個室のある居酒屋で集まるのが増えたのも、俺が就職してからのことだった。別に話し合って決めたわけではない。俺も学生の頃より多少は——本当に多少は——落ち着いたし、疲れているときなんかは、たしかに三人だけの部屋にいるほうが気がラクだったのだ。

俺たちがあまりに仲良くやっているので、周の店の常連に、３Pを疑われたことすらあった。それはない。

バーでその話を振られたとき、俺は酔っ払った頭でそれなりに真剣に検討した。だが、綺子がいるのは最高として、俺と周はなにをするのか、というところで妄想が止まった。周は鼻で笑った。綺子は「絶対にない」と言い切った。「そんなの絶対に女が不利でしょ」ということだった。一人でも拒否すれば成立しないので、その話は流れた。

キスならしたことがある。一度だけ。

例によって発端は綺子だった。キャバクラの客に強引に唇を奪われた彼女の呼びかけで、その週は緊急集会が開かれていた。月曜日の夜、周の休みに合わせて無理やり会った。綺子は最初から荒れ狂い、客の悪口から始まって、そのうち男という生き物全般に文句を言い出した。定期的にそうなるように、こんな仕事は辞めてやる、男はみんなクソだ、というフェーズに突入していく。俺はそんなふうになっている綺子を眺めるのが好きだった。素っぽい感じがしてかわいいし、彼女の罵倒は容赦なく、辛辣なのにぎりぎり下品ではなく、聞いているとけっこう気持ちよかったのだ。俺はマゾっ気があるとよく言われる。否定はしない。

綺子は入店してから二時間ちかくぶっ通しで飲んで食べて喚(わめ)き続け、ようやく力尽きた。畳の上に身体を投げ出すようにして動かなくなったのだ。

「綺子、綺子、お茶飲めば」

俺は自分のコップを差し出した。二人のペースに合わせると俺はすぐ潰れてしまうので、いつも途中でソフトドリンクに切り替えるようにしていた。社会人になったのだ。週の頭から泥酔するわけにはいかない。

　綺子がなにか呻く。

「なに?」

「かなしい」

「そりゃそうだ」俺は頷いた。「お茶飲みな」

「そうじゃなくて、自分が最新でキスしたのがあのオヤジで、ほかのだれともする予定がないのが、さみしい」

　ゆっくりと上半身を起こすと、彼女は掠れた声でつぶやいた。泣いてはいなかったが、怖い夢をみて目を覚ました子どもみたいな顔だった。俺はつられて悲しくなる。

「じゃ、俺とする?」

　軽口だった。怒られるか叩かれるか笑われるかだと思ったし、綺子の元気が出ればなんでもよかったのだ。だが、彼女はぼんやりとこっちを見た。俺は戸惑って、壁に寄りかかって日本酒を飲んでいる周の様子を窺う。いつも話を聞いていないみたいな顔をしているが、聞いているのは知っていた。

「しようかな」

　綺子はぽつりと言った。

「は?　マジで?」

「うん。友情のキス。短いやつだよ」

「口に?」

「そうじゃなきゃ消毒にならないでしょ」

喜びよりも動揺がでかかった。まったくそんなつもりはなかったのだ。綺子ではなくて俺自身がウーロン茶を飲み込んだ。こっちは前の彼女と別れてから二年以上、なにもナシの生活を送ってきたというのに。だめだだめだ落ち着け、友情のキスだって言ってんだろ、と自分に言い聞かせる俺を尻目に、綺子は髪をかきあげて周を見た。

「その後、周くんもする？」

「……だれと？」

「あたしと。そうしたら、竜朗と間接キスだよ」

そうくるか！

「小学生か」

俺は突っ込んだ。この年になって間接キスって。周もうっすらと笑い、「いや、いい」と答える。

「あたしだけが竜朗とキスするのでいいの？」

「別に。喜ぶよ、そいつ」

周が素気なく返す。どれだけ飲んでいようと、綺子のペースに付き合おうと、やつはいつでも素面だった。少なくとも俺にはそう見えた。綺子が傷ついた顔になり、俺は慌てた。

「周！　してやりゃあいいだろ！」

ううう、と声を漏らした綺子を引っ張り寄せて俺は言う。綺子がしがみついてくる。女の子の身体はいつでも柔らかい。涙は熱い。

周が眉を寄せる。

「なに言ってんのお前。綺子を好きなのはお前だろ」

「そうだけど！　別にキスくらいっ」

別にキスくらい？

自分の発言に混乱する。いや、キスくらい、ではない。俺はそんなに乱れていない。人生においてキスはいつだって大ごとだったし、いままでしたことのある女の子の名前は全員言える。でも、綺子はクソみたいな酔っ払いオヤジに無理やりされて泣いていて、それを上書きしたいという気持ちもわかる。どっかの全然知らない男にされるよりは――。

周のほうがいいんだろうか。

よくわからなくなった。自分ができるのは嬉しい。ちょっとまだ頭が展開に追いついてないけど、ずっと雨乞いを続けて、やっといま一粒目が頬に触れる、みたいな歓喜だ。それでその後、綺子が周とキスをする。綺子の好きな相手だ。普通は？　普通は妬くところか。だれが？　だれに？

綺子が急に動いた。

両手で顔を挟まれて、彼女の手が冷たくて俺はびくりとした。下から顔が近づいてきて、反応する間もなく唇がくっつく。わーっ！　と思っているとすぐ離れた。ちゅっと音がする。俺は首筋が熱くなった。

「綺子、ちょっと待っ――」

彼女は待たない。畳に膝立ちになるとこちらの顔を引っ張り、今度は上からキスをしてきた。短いやつを何回も。雨乞いしたら豪雪に見舞われた、みたいな大混乱だった。いやいいんだけど嬉しいんだけど、どういうこと？　続けていいやつ？　周がそこにいるのに？　っていうか涙の味しかしない――。

がたっと音がした。

綺子が離れた、と思ったら、彼女の背後に立った周が、俺から引き剝がしたらしかった。呆然とする俺の目の前で、周は暴れる綺子を抱き寄せてキスをした。綺子が急に大人しくなる。

「変なプレイさせんな」

口元を拭いながら周が言い捨て、こっちを振り返った。俺の頭は九割方フリーズしたままだったが、目が合った瞬間、肉食獣に捕捉されたような緊張が走った。

「ちょっ、まっ」

周も待たなかった。勝手なやつらだ。

俺はぶん殴られるような覚悟で、ただ首をすくめて目を閉じた。首の辺りを摑(つか)んだ周の手は冷たくなかった。でかかった。男だもんな。無意識に歯を食いしばっていたので、なんかちょっとぶつかるような感じになった。唇が柔らかいのは男も女も変わらない。そりゃそうか。すぐに離れる。俺が目を開ける頃には、周はまた壁際に座っている。

ただの居酒屋の個室。

突風が巻き起こって消えた後みたいだった。

座り込んだままだった綺子が、ふふふ、と笑う。

「うちらって、ほんとはすごくかなしいんじゃない？」

舌足らずな口調だ。これはそのうち寝るやつだ。

「いまさら」

周が返した。俺はなんか疎外感を覚えた。そういうことはときどきあった。二人が感じていることを、自分は全然感じていない、と思えることが。そういうとき俺は、大学生のときに戻ったような気分になった。二人はちがう世界に生きている、と。

「ちょっと便所」

そう言って個室を出た。

居酒屋のサンダルを履いていき、便所で小便をして、手を洗った。洗面台の鏡には、ひさしぶりにだれかとキスをした男の顔が映っている。よれたシャツと、安物のネクタイ。悲しいんだっけ……。俺はいましがたのことを思い出そうとする。唇の感触より、頬に垂れてきた髪の毛のくすぐったさと甘い香りのほうが印象が強かった。周からは日本酒と煙草の気配がした。キス。ハグよりも親密な行為だ。本当に？　そんな感じはしなかった。なんで？

個室に戻ると、綺子はやっぱり寝ていた。なんだかすごく色っぽい体勢で、マジでこいつふざけてんなと俺は思った。

「行くか」

周がつぶやく。

「ここ席会計だよな」

綺子の荷物をまとめながら確かめると、「もう払った」と返ってきた。俺は振り向く。

「え、なんで？」

周はジャケットを着ながら肩をすくめた。

「なんとなく。今日けっこう飲んだから」

「でもいつも……」

だいたい割り勘だった。いや、学生の頃に少なめにしてもらったとか、一人が潰れていたら残りの二人が払うとかはあったが、一人が奢る、というのは基本的になかった。そういう暗黙の了解があった。

「さっき悪かったなって」

周はこちらを見ないでつぶやいた。俺はぽかんとする。「帰るぞ」周が綺子の腕を引っ張って立たせ、綺子はむにゃむにゃ言いながら周にもたれた。俺は釈然としないまま二人についていき、タクシーを止めて綺子を後部座席に押し込んだ。

「いいよお前は」

綺子の隣に座ろうとしたら、周に止められた。

「は?」

「遅くなったし。明日普通に仕事だろ」

「そうだけど。だってついでだろ」

俺たちは綺子を部屋まで送り、待たせていたタクシーに戻り、次に周が降り、最後は俺ひとりになって帰る。いつもの流れだ。

「お前がいいなら」

周は助手席に回った。俺は綺子の脚をどけて後ろに乗った。タクシーの中で会話はなかった。綺子を部屋の中まで送り、マンションから出てくると、「俺はここでいい」と周が言った。

「歩いて帰る」

たしかに周の家なら、歩いても二十分くらいで着く。俺は家賃の安さを取って都心から少し離れているが、二人は交通の便重視で、新宿から徒歩圏内に住んでいるからだ。

でも、それでもいつもタクシーだった。順番に降りていった。

俺は周の態度が気に入らなかった。が、どうして苛つくのか説明は難しかった。大通り沿いのマンションの前、街灯の下で、俺たちは向かい合って立っている。路肩に停まったタクシーは、辛抱強く待っている。

「それ、やめろよ」

俺は言った。周は無表情だった。なにも顔に出ないのだ。いつも。

なんかちょっとくらくらした。

「……次までには戻っといて」

周は、ん、と頷いた。煙草を取り出しながらかすかに笑った。俯(うつむ)いたらすぐ見えなくなるような、わかりづらい微笑だ。

俺はひとりでタクシーに乗った。

家に帰り、シャワーを浴びて歯を磨いて、鏡を見たときに気づいた。自分は苛ついたのではなくて悲しかったんだと。綺子だって俺だってキスをしたのに、周が俺にだけ謝ったこと。そんなキャラでもないくせに。

――うちらって、ほんとはすごくかなしいんじゃない？

あの夜、本当はちょっと気づいたのだ。たぶん三人とも。

でも失いたくなかった。あの居心地のよさを。これ以上はない代わりにこれ以下にも絶対にならない、いくらでも注いでいいし注がれてもいい、深く掘り下げさえしなければ傷つくことも起こらない、優しい空間を。

キスはそれきり。ハグは残った。

そうやって、なにも変わらなかったことにして関係は続いた。

会社の飲み会の途中、偶然に綺子を見かけたのは、まだ夏の暑さが残る頃だった。

九月の頭の飯田橋、俺は幹事だった。ビルの屋上に期間限定で出ているビアガーデンを予約して、三十人ちかくの社員が参加していた。飲み放題だったので好きなだけビールを頼み、ご機嫌で便所に行った帰り、団体ではなくて少人数で来ている客が集まるブースに、綺子を見つけた。

明らかにデート中だった。

少し歳上に見えるスーツ姿の男と、ちっこい丸テーブルを挟んで向かい合い、額のつきそうな距離でいちゃいちゃ話し込んでいた。俺は見間違いかと思って、立ち止まってしばらく眺めた。よく似た別人かと思ったのだ。服装がいつもと——受付嬢帰りともキャバにいるときとも——ちがったし、よくよく考えてみれば俺は出会ってからそれまで、自分と周以外の人間といるときの綺子というのを見たことがほとんどなかった。キャバクラでの接客中なら知っているが、あれは仕事モードだ。

これは？

これはプライベートだ。同伴ではない。わかる。うまく言えないけど、空気でわかる。

向こうはこっちに気づかなかった。

自分たちのテーブルに戻ると、ちがう部署の子が、「小山(おやま)くん、どうかしたの」と話しかけてきた。

「え？」

「なんか急にしぼんでない？」

少しでも考え事をしていると、俺はすぐ周りにバレてしまう。

「いや……、知り合いがいた」

深く考えずにそう口にした途端、「どこに?」「だれ?」「女かっ」と会社の人たちに囲まれる。我に返ったときにはもう遅かった。

「女だな」

男の先輩が断定した。俺も周のようなポーカーフェイスだったらよかったのに。

「ちがいます、いや女の子だけど、ただの――」

ただの?

「元カノとか」

「いや」

「まさか彼女の浮気現場!」

「ちがいます」

笑おうとしたがうまくいかなかった。受けている衝撃はそれにちかいかもしれない、と思ってしまったからだ。

「ってか、小山くんってずっとフリーだよね」

「合コン誘っても来ねぇし」

「ふつーに女の子好きそうなのに、あんまりがつがつしてないっていうか」

「たしかに」

俺は「そんなことないっすよ」とか言いながら、いつものようにへらへらした。いまは考えてはいけない。会社の人たちの前では。あそこにいるときの――、三人でいるときとはちがうから。どうちがうのかはわかんないけど。

「あっちだな」

先輩が俺の視線の先を読んでにやにやする。

「勘弁してください」

できる限りふざけた感じで返したものの、俺は綺子を目で追うのをやめられなかった。男と腕を組んで会場を出ようとしている。ビアガーデンを選んだのは男のほうだろう、あいつはビールがそんなに好きじゃない。うるさい場所も人混みも、揚げ物だらけのラインナップも。だからといって、いかにもデートっぽい小洒落た店もだめだ。派手そうに見えて、メニューの半分は煮物みたいな、所帯じみた店が好きなのだ。

知っている。

そういうことなら、俺はいくらでも知っている。

「あの人？　男の人と歩いてる？」

「えーっ、モデルさんみたい、めっちゃ綺麗」

「もう行っちゃうよ」

「なに、どういう知り合いなの」

俺はまばたきした。どういう知り合い？　友達？　飲み仲間？　頭の中で、初めて会った日のことがフラッシュバックした。汗だくになって走ったはて、あの暗い路地裏で、こっちを見て目を見開いた綺子の顔……。

「好きな人だろ」先輩が俺の肩を抱きながら笑った。「失恋だなあ、小山。あれはお前には無理だろうよ」

失恋っていうか――。

綺子は男とエスカレーターに乗って見えなくなった。俺はようやく会社の人たちに意識を戻した。興味津々の顔が大半で、何人かは少し気遣うような表情をしている。先輩の手が、ばんっ、と背中を叩いた。酒くさい。

「飲め、小山。今日はしこたま飲め！　失恋記念だ！」

大声で宣言されて、え、小山くん失恋したの、とさらに人が寄ってきた。俺は「ごちそうさまっす」と頭をさげて、注がれたビールを一気飲みした。アホだ。

でも、ほかにどうすればいいのかわからなかった。

「小山くんって面喰いだったんだね」「あれはレベル高すぎ」「どんな人だったの？　見たかった」「男の人もなんか慣れてそうだったよね」「でもビアガーデンだよ?」「大丈夫、小山くんいい子だから、彼女くらいすぐできるって」

好き勝手言われた。俺はどんどん飲んで酔っ払った。幹事のくせに最後は金の計算が覚束なくなって代わってもらった。それでも許された。「小山は今日失恋した」と、みんなが思っていたからだ。

そうなんだろうか。

失恋、とは。

好きな人への想いが叶う可能性がなくなること。

それがさっきだったのか？

二軒目にも行った。俺はひさびさに泥酔して歌い出し、その後座敷で寝てしまったらしい。先輩に起こされたときには少し、ほんの少しだけ酔いが覚めていた。いろんな人に心配されながらもタクシーに乗り込み、運転手に自宅の住所を告げかけてから、気が変わった。

金曜日の夜だ。周は必ず店にいる。

あそこは二時までやっている。

「あら、たっちゃん」

「あれ？　キコちゃんは？」

「こんな時間にどうしたの」

バーに入るなり、顔見知りの常連たちに声をかけられて、俺は足を止めた。自分がなんでここに来たのかわからなくなったのだ。カウンターの中にいた周がこっちを見て、めずらしいほどにはっきりと驚いた顔をする。約束なし、予告なし、綺子なし。四年目にして、ぜんぶ初めてだ。

ここ座りなさいよ、とだれかがカウンター席を空けてくれる。足元がふわふわして、スツールに座ろうとして一度ずり落ちかけた。周を見上げる。仕事中の姿を見るのはひさしぶりだった。初めて会った日もこいつはここにいて……。そういえばあのときも綺子はいなかった。当たり前だ。出会う前だったんだから。

「酔ってんのか？」

周に訊かれて、俺は頷いた。やつが滑らかな動作で俺の前にグラスを置く。ジンジャーエールだ。

「どうした？」

「近所で……、飲んでた。会社の人と」

「飲み会だろ。幹事するって言ってた」

「そう」

「それで？」

周がこんなふうに話しかけてくるのも滅多にないことだった。こいつは無口だ。喋るのはいつも、綺子か俺の役目なのだ。「やだ、どうしたのほんと、たっちゃんらしくない」常連客に軽く肩を揺さぶられる。俺らしい、とは。

「綺子呼ぶか?」周が低い声でつぶやく。「店だろうけど。っていうか、あいつの店だってこの近所なんだから——」

「店じゃない」

「あ?」

「男といた」

「……見たのか」

周がかすかに眉を寄せる。同情するみたいに。俺はそれで——俺にしては勘がいいことに——違和感を覚えた。なにかがおかしい。周と目が合う。

えーっ、と右隣の客が声をあげる。

「それだけでそんなふうになってるの? かわいい」

「あんたたち、そこらへんは自由にやってるのかと思ってたけどちがうの? シュウくんだってしょっちゅう——」

周に睨まれて、そいつは黙った。

俺は数秒かけて理解した。

ここに来るべきじゃなかった。

「帰る」

「……竜朗」

「帰る。わり」

バーを出て、大通りに向かって歩き出したところで周が追いついてきた。腕を摑まれる。

「奥で寝てろよ。クローズまでいてくれれば送っていくから」

「いらね」

「竜朗」

「いいって。離せ。店戻れよ、仕事中だろ」

「でも――」

「いいって！」

腕を振り払う。周が一歩引いて、「仕方ないだろ」持て余したように言う。

「お前に手を出すわけにはいかないんだから」

俺は周の腿のあたりを思い切り蹴った。たっぷり酒が入っていたし、なんせ相手は周なので、たいしたダメージは与えられなかった。こっちがよろめいただけで終わった。俺は踵を返し、走って人混みの中をすり抜けようとした。あの日みたいに。でも、気持ち悪くなったのですぐやめた。振り返っても周はいない。知っている人はだれも。賑やかな夜の街で、こんなふうにぽつりとした気持ちになるのは、ずいぶんひさしぶりだった。

ふらふらと大通りまで出ていって、俺はタクシーを拾った。


土曜日はずっと電話が鳴っていた。

綺子からも着信があるってことは。

二日酔いにやられてひさびさに吐き、便所とベッドを行き来しながら、俺は考えた。

周が連絡したのだ。なんて？

——竜朗に、俺たちが外で遊び回っていることがバレたぞ。

とでも？

なにが健やかな馬鹿だ。馬鹿にしてるだけじゃねえか。

日曜日は電話は鳴らなかった。スマホの電源を切っていたからだ。

寝る前に電源を入れて、何十件と溜まっていた着信記録や綺子からのメッセージを読まずに消して、寝た。寝つくのにずいぶん時間がかかった。どこでもすぐに眠れるのが俺の取り柄なのに。

好きな女からの連絡を無視したのは人生初だ。

最悪な気分で月曜日を迎えて、会社に行って、いつもどおりに過ごした。

みんな優しかった。俺は失恋したことになっていて、それはなぜか、飲み会に来ていなかった人にまで知れ渡っていた。別にいいんだけど。そうなんすよ、今度飲みに連れていってください、傷心なんで。そう適当に笑っていればよかった。社会人三年目なめんな。ここにだって、話を聞いてくれる同期や先輩や後輩がちゃんといるのだ。

あそこが世界のすべてなんかじゃない。

たかが三年間の付き合いなんて。

少し、なんか、身体のどっかが剝がれ落ちていくような痛みなんて。

生きてりゃたぶんよくある。

連絡はぱったり止んだ。俺は自分が会社で滞りなく業務を進め、営業先で元気に振る舞い、へらへら過ごしていることに感心した。まるでちゃんとした大人になったみたいだ。これでいいと思った。金曜日のあれが失恋であれなんであれ、蓋をして、見えなくして、なにもなかったことにして、ずっとしまっておけば、そのうち腐って土に還るだろう。

そしてビアガーデンの翌々週、ノー残業デーの水曜日、秋分の日の前日。

みんなで飲みにいこうと会社を出たら、綺子と周が待っていた。


市ヶ谷の地味なオフィス街の一角で、二人はアホみたいに目立っていた。

服装のせいだ。綺子は栗色の髪をばっちりと巻き、白シャツに黒の短パン、黒いサンダルという恰好だった。谷間の目立つ胸元はぎりぎりまでボタンを開けて、短パンはぎりぎりまで短く、サンダルはヒールが高く、身体の半分くらいが脚だと錯覚するほどスタイルがよく見える。いや実際いいんだけど、それを完璧に効果的に見せていた。

周も白シャツを着ている。袖を肘までたくしあげ、あと身につけているものは、サスペンダーもスラックスも革靴もぜんぶ黒色で統一されていた。

その上、もう陽は沈んでいるのに、どちらもサングラスをかけている。ついでに言えばスタバのカップを持っている。綺子は甘くて冷たいやつで、周はコーヒーだろう。二人はガードレールに浅く腰かけ、絶妙に気怠（けだる）そうに、カップに口をつけていた。

黒と白で構成されたファッションの、恐ろしく見目のいい男女。

ハリウッドあたりだったら違和感なく溶け込めたかもしれない。せめて表参道、なんかのイベント中とかだったらいけたかもしれない。とにかく、この界隈にはいない人種だ。

気づかないふり、というのは不可能だった。だれもが視線を向けて、「なにあれ?」「なんかの撮影?」「だれ?」「芸能人?」とかなんとかつぶやいているのだ。俺も会社の入っているビルを出た瞬間に見つけて、固まった。綺子が先に気づき、周の腕を叩く。周――視力がよくないくせにコンタクトをつけない――がサングラスを額にあげ、目を細めてこっちを向いた。

「えっ、だれ、なに、ヤバっ」

同期の女の子が声をあげる。

「ってかあれ、小山の失恋相手じゃね？」

先輩が目ざとく気づき、「あの脚！」と囁いた。その場にいた飲み会のメンバー全員が俺を振り返る。

「いやあ……、知らないっすねあんなのは……」

俺はどうにか返す。なんだこれ、なんだこれ、なんだこれ。あいつらは、明らかにわざわざ目立つ服装で合わせてここにいる。嫌がらせか。綺子ならやりかねない。あたしを無視できるならすればいい、という宣戦布告だ。

「嘘だあ、私も覚えてるよ、だってめっちゃ綺麗じゃん。今日のほうがだいぶ派手だけど」

「隣だれ？　あの男の人はだれなの？　小山くんの知り合い？　あの人の彼氏？　何者？」

「どういう関係なの？　ガン見してるけど」

「約束してるんじゃないの？」

してないですよ、と俺は答える。だが、俺も含めて全員が、綺子と周から目を離せなかった。

「あの美人も飲み会に呼べよ、小山」

冗談とも本気ともつかない口調で先輩が言い、「えーっ、ならあの男の人も！」女の子が黄色い声をあげる。やめたほうがいいぞ、と俺は忠告したかった。

「でもちょっと怖くない？　っていうか、小山くんでしょ、行ってきなよ」

二人はガードレールから腰をあげてすらいない。ただじっとこっちを見ているだけだ。それでもすごい圧力だった。「いいから無視して飲みにいきましょう」なんて流せる雰囲気ではない。俺は階段をおりて歩道に出る。綺子がようやく立ち上がり、周にドリンクを押しつけ、サングラスを外して胸の谷間に差し込んだ。通りがかりの男どもの視線がそこに集中したのがわかる。俺も見た。一瞬だけ。

「飲みにいくよ」

当たり前のように彼女が宣言する。周は座ったまま、左手に綺子のカップを持ち、右手でコーヒーを飲んでいた。サングラスは頭の上に載っている。ビーチにでもいるつもりか、と突っ込みたいが、通りがかりの女の子たちも、やっぱりみんな一度は周を見ていた。

「馬鹿じゃねえの」俺は言う。「こっちにだって予定があるんだよ」

「選んで」

「は?」

「あたしに思いっきり引っ叩かれるか、周くんに熱烈なキスされるか。その後だったらきっと、あの人たちもあんたを行かせてくれるでしょ」

俺はちらりと周を見た。いつものすっとぼけた表情で、かすかに目を細めただけだった。でも、こいつならやりかねない。っていうかやる気だ。打ち合わせ済みなのだ。

「両方でもいいけど」

「ふざけん——」

「逃げたら周くんが追いかけるからね」

「ひさしぶりに」

そうつぶやいた周の口元に微笑が浮かぶ。俺は頭を抱えてしゃがみ込んだ。蓋をして、見えなくして、しまい込んだら、内側から破裂してきたみたいな、こいつら。

「なんなんだよ。あの人たち、俺を飲みに連れ出すために集まってくれたんだぞ」

「あたしたちだってそうだよ」

「約束してない」

「竜朗のスマホが壊れてるせいじゃない？」

壊れてない。無視していただけで、スマホにはなんの問題もない。

そんなことはお互い百も承知だ。でもそう言い返せば、それこそ引っ叩かれるだろう。会社の人たちの目の前で。俺の平凡な会社員としての日々が終了する。いや、もう終わっているだろうか。

俺はしぶしぶ会社の人たちのところに戻った。みんな好奇心に顔を輝かせている。

「あの、すみません、なんか大事な用事があるみたいで……」

「あの人たちが？　小山くんに？」

信じられない、という口調で返される。本当にな。

「え、なんかヤバいの？」

「大丈夫です」大丈夫ではないかもしれないが、俺はそう答えた。「あの、俺今日は無理なんで、皆さんどっかで……。すみません」

「いいけどな。でも小山、今度ちゃんと話聞かせろよ」

「うちら、今日は小山くんとあの人たちの関係を妄想しながら飲むね」

すればいい、と思った。どんな内容だろうと、現実には追いつけない。

俺はへらへらと頭をさげる。

「今度埋め合わせするんで。すみません、お疲れさまです」

和やかに送り出される。俺が近づいていくと、綺子は完璧な営業スマイルを会社の人たちに振りまいた。周ですら口元をゆるめた。こいつらは。こういうときに限って、客商売で鍛えた成果を披露しやがる。

「やめろよ。あとが面倒くさいんだぞ」

俺は抗議する。綺子はこっちを見た途端に笑顔を消し去り、「キスよりマシでしょ」と低い声を出した。腹立つ。周が片手をあげてタクシーを止めた。


新宿の、何度も行ったことのある居酒屋に連れていかれた。もちろん畳の個室だ。俺はずっと怒っていたわけではなかったものの、いつこの態度を崩していいのかタイミングを計りかねて、黙り込んだままだった。生ビールふたつとレモンサワーを、綺子が勝手に頼む。料理もどんどん注文していく。俺はもちろん、周の希望もなにも反映されていない。

「……乾杯」

ドリンクとお通しを置いて店員が出ていくと、周がそうつぶやいて、一気に半分くらい飲んだ。俺も投げやりな気分で続いた。綺子も飲んだ。

しばらくだれも喋らなかった。

俺はいま飲みすぎたら身体的にも精神的にもすぐだめになりそうな予感がして、ビール二杯を飲んだ後はウーロンハイをちびちびやっていたが、二人はろくに食いもせず、恐ろしいペースで延々と酒を頼んだ。しかも、飲み比べでもしてんのか、というくらい強いやつばかりを選ぶのだ。

「潰れたら俺は放って帰るからな」

エイヒレを噛み切りながら俺はついに言った。

「ちがうでしょ」綺子がすぐに反応する。「竜朗、あたしに言いたいことがあるんでしょ、そんなんじゃなくて」

「別にない」

おしぼりが飛んでくる。肩に当たって落ちたそれを、俺は拾い上げてテーブルに置いた。次は枝豆をぶつけられる。「食い物はやめろっ」俺はキャッチしながら怒鳴る。

「なんでだめなの。うちら別に付き合ってるわけじゃないんだから、あたしがだれとデートしたって勝手でしょ」

「だからなんにも言ってないだろ」

「なんでなにも言わないの！」

わがままか！

いまに始まったことではない。投げつけられた枝豆を食っていると、すぐに次が飛んできた。日本酒を飲んでいた周が俯いて、ふ、とかすかに笑い声を漏らす。途端に綺子の矛先がそっちに向いた。

「周くんが先なんだから」目を赤くして彼女は言った。「周くんなんて、ほとんど最初からずっとそうなんだから……」

「だからどうでもいいって。お前らがどこでだれと寝ようと、どれだけ股がゆるかろうと」

言った瞬間に、しくじった、とは思った。

周が素早く顔をあげて綺子の反応を窺い——、綺子は俺に飛びかかってきた。「ごめんて！」俺は速攻で謝る。彼女は俺を押し倒して馬乗りになり、両手で顔を——顔を！——ぶっ叩いてきた。俺は両腕で頭を抱えてガードする。周が引き剝がそうとしてくれたが、簡単にはいかなかった。綺子が周にまで抵抗したせいだ。最終的に俺は、周が持ち上げた綺子の下から必死に這い出た。俺から引きずりおろされる恰好になった綺子が、畳に尻餅をついてこっちを睨む。

「竜朗にはわかんない。わかりっこない。先のことなんて考えてないんでしょ。いつもひとりでへらへらして、吞気なことばっかり言って！　あたし――、あたしは、いつまでもこんなことしてられない。一生こんなふうに過ごせるわけないって、気づいてるの？　友達だって、早い子は結婚して子ども産んでるんだよ、地元はみんなとっくに……。あたしも帰んなきゃいけないの。知らないでしょ！　あたし家手伝わなきゃいけないんだから、東京で遊んでるだけならさっさと帰ってこいって言われてるんだから……」

知らなかった。綺子の実家は東北地方のどこかで、旅館だか料亭だかをしているのだとずっと前に聞いたことはある気がする。これでお嬢様なのか最高じゃん、くらいの感想しかなかった。

「あたしの恋に望みなんてない。周くんにだってない。わかんないでしょ、あんたには、これがどんなに悲しいかなんて！」

テーブルの枝豆を一摑みして投げつけてくる。座ったままの俺と、立っている周にばらばらと当たる。

「そんなことお前に言われてる時点で俺にだって望みなんかないだろ！」

俺は言い返した。

「だってあたし竜朗とだけは寝られないもん、寂しいからって気まぐれに甘えるわけにはいかないでしょ、そしたら壊れちゃう、あたしたちみんな、三人とも……」

綺子の目から涙が溢れる。彼女はまたテーブルに手を伸ばしたが、なにか投げるものを摑む前に、周がその腕を引っ張って抱き寄せた。綺子が身体を震わせて周にしがみつく。

「今年でもう地元帰るんだって。それまでに相手が見つからなきゃ見合いさせられるんだって」

癇癪(かんしゃく)を起こした妹でも宥(なだ)めるかのように、綺子の頭を抱えて周は言った。

だから俺が苛々するのは——。

「なんでそれを俺にだけ言わないんだよ！　お前らお互いのこと前から知ってたんだろっ」

俺は手元にあった枝豆を投げ返した。周の腕に当たる。

「お前らが選ぼうと思えば選び放題なんだってことくらい、俺だってわかるわ。ほか行くんならそう言えばいいだろ。普通にただ仲のいい友達として飲んで、実家にこう言われたから婚活するって話して、なんでそれじゃだめなんだよ。二人だけでわかったような顔して、二人だけでそうやってコソコソやんのが気に入らねえんだ俺は！」

大声を出したのはひさしぶりだった。なんで隠し事をしていたのは向こうのほうなのに、俺が怒られるのか。どうして綺子が泣くのか。なんでこんな——。俺は混乱してきた。言わなかったことではなくて、見つけてしまった俺が悪い、みたいな空気になるのか。

周が息を吐いて、小さな苦笑を浮かべる。

「……それはだってお前」囁くような声でやつは言った。「俺たちに『普通にただ仲のいい友達』なんて無理だからだろ。俺は無理だよ。お前とは」

その言葉に。

物理的に殴られたみたいな衝撃を、俺は覚えた。

周が綺子の背中をぽんぽん叩く。

「こいつがどこでなにを聞いたのかは知らないけど。俺はお前らと会う前も会ってからも、気が向いたらそこらへんで適当に男引っかけてるよ。特定の相手はいない。惚れた腫れたもない。隠してるつもりもなかった、ただお前らとは関係ないってだけで。……っていうか、お前らふたりのほうが、ほかの世界ぜんぶと関係なかったんだよ」

綺子がぎゅうっと周に頭を押しつけたのがわかった。周が自分の胸元を見下ろす。

「こいつのことも、たしかに俺は知ってたけど。春先だったか、客が言ってたのを聞いたくらいで、直接教えてもらったのはお前のビアガーデンの後だよ。本当はぎりぎりまで言いたくなかったって。ぜんぶ決まって東京出るときに言うつもりだったって。わかってやれよ。いきなり友達になろうなんて言われてできるお人好しなんてお前くらいだろ」

お人好しって。なんだよ。

俺は呆然として二人を見つめる。頭の中には、くだらない話をしながら飲んでいる自分たちの姿が浮かんでいた。この三年間で何回も、何十回も繰り返してきた。綺子の愚痴、俺の失敗談、聞き流すか小さく笑うか、たまに辛辣な突っ込みを入れる周。食って飲んで、終電がなくなっても一緒にいて、酔っ払って笑い合った。たしかに恋愛ではなかった。が、友情すらも成立してなかったのか。じゃあなにで繋がってたんだ。

こんなに大事なのに。

こんなに大事なのに、俺はこの関係性の名前を知らない。名前も知らないのに、いま終わろうとしている。

そんなことある?

綺子がなにか言った。

周の胸元からゆっくりと顔をあげる。俺は彼女とキスした夜のことを思い出した。かわいいと思った。愛おしかった。この感情は。

「ホテル行こ」

綺子の声は掠れていた。彼女はまず周と目を合わせて、次に俺を見る。もう泣いてはおらず、どちらかと言えば無表情にちかかった。抑揚のない口調で繰り返す。

「このまま三人で、ホテル行こうよ」

俺は周を見た。周は素面だった。素面に見えるだけだろうか？　綺子は酔っている。たぶん、だってあれだけ飲んだんだから。俺は？

ウーロンハイに手を伸ばす。氷が溶けて薄くなっている。それでも飲み干すとくらりとした。畳の上に散らばった枝豆を一房拾い上げて、俺は考える。失いたくないものを失いたくないとき、人はどうすればいいんだろう。


けっきょく綺子に従った。

最初は周が思いとどまらせようと宥めすかしたが、彼女は頑固だった。欲しいものを買ってもらえるまで絶対にその場を動かないと決めた駄々っ子のように。ただし、やがて根負けした周が「わかったよ」とつぶやいたときは、驚いたように見えた。立ち上がった周が、感情の読めない顔をこちらに向ける。

俺はどんな表情をしていただろう。

三人で居酒屋を出た。

夜になると、途端に秋の気配が濃くなるのが不思議だった。周が先頭で、次に綺子、最後が俺という感じに並んで歩く。この時間の歌舞伎町を歩けば、俺は必ず客引きに遭うし、綺子と周はスカウトされたり知り合いに出くわしたりするのが当たり前なのに、今日に限ってなにもなかった。そのせいもあって、俺はずっと足元がふわふわした。自分が素面なのか酔ってるのか、いまが現実なのか、いまいちわからないのだ。

無数に並ぶホテルの中から、周は迷うことなく一軒を選んで入った。ラブホなんて大学生のとき以来で、三人で入るのは無論人生で初めてだったが、周はなんか手慣れていて、俺はいままで考えたことのなかった——考えようともしなかった——こいつの恋愛というものに想像を巡らせた。

だれも喋らない。

タッチパネルで、周は一番広い部屋にした。エレベーターで十階にあがり、安い香水みたいな匂いのする廊下を歩く。周がドアを押さえ、綺子が最初に部屋に入った。後に続いた俺は、入り口すぐのクローゼット前で立ち止まった。受付のとき写真で見てはいたものの、三日月の形をした薄ピンク色の照明の下、どーんと置かれた紫色のベッドが目に飛び込んできてビビったのだ。

綺子は止まらない。

俺が急停止したものだから、後ろにいた周が軽くぶつかる。

振り返ることすらしない。

彼女はよろけながらサンダルを脱ぎ、裸足で歩いていって、ベッドに飛び乗った。ぺたんと座り込んだ綺子の、長い髪、素足の裏。こちらに背中を向けているが、シャツのボタンを外しているようだった。

「どうすんの」

声をかけられて、俺は飛び上がるほど驚いた。背後を見る。周は冷静、というか、ほとんど冷酷なくらい落ち着いた目をしている。

「できんの？　お前」

部屋が異様に寒いことに、俺は唐突に気づいた。空調が効きすぎているのだ。それで金縛りがとけたようだった。

「だめだろ、こんなん」

俺はつぶやいた。これは現実だし、俺はどうやら酔っていない。

「綺子！」

やめろって、と俺は怒鳴る。彼女がシャツを脱ぎ捨てて、上半身は黒いキャミソールと、ブラジャーだけになった。俺はすっ飛んでいって手首を摑む。綺子が振り払ってベッドの上を逃げるもんだから、俺もベッドにあがって彼女を押さえつけ、そうかと思えば蹴り飛ばされて、プロレスごっこでもしているような様相になった。

「意気地なし！」綺子が絶叫する。「竜朗の意気地なしーっ」

俺は混乱していた。ラブホで好きな女が服を脱ごうとしているのを必死で止めている自分に。綺子からは綺子の匂いがして、俺の真下では、彼女が暴れるたびにその胸が揺れるのだ。なんだこれ、なんだこれ、なんだこれ。わけがわからない。いつかの夜みたいだ。盛りだくさんすぎて――。

「周！　なにやってんだよ助けろ！」

俺がほとんど悲鳴にちかい声をあげると、なにを思ってか傍観していた周がやっと動き出す。俺は綺子の上に乗ることには成功していたものの、うまく押さえ込めず、暴れ馬でも相手にしているようでいまにも振り落とされそうだった。

だから、やってきた周に「どけ」と押されたら、簡単にベッドに尻餅をついた。

周からの攻撃は想定していなかったのでびっくりした。綺子の動きも一瞬止まる。が、その後の展開には、もっと頭がついていかなかった。周はベッドの真ん中で仰向けになっていた綺子の右手首を左手で押さえ、右手で彼女の頬に触れたのだ。指先を肌に滑らせて。優しく、というか、いやらしく。

そして顔を近づけた。

目の前でそんなものを繰り広げられて、俺はフリーズした。間違いなくキスをする構えだった。は？　どういうこと？　周はやる気ってことか？　止めるところ？　だれのために？　俺？だって綺子は喜ぶだろうから——。

ちがった。彼女は目をぎゅっとつぶって、全身を強ばらせ、顔を背けている。

唇につく寸前で周が止まり、ぱち、とごく軽く綺子の頬を叩いて離れた。

「アホらしい」

低い声でそう言って、周はベッドをおりた。

「両想いなんて度胸、俺らのだれにも、とっくにないだろ」

綺子が目を開けて、ゆっくりと身体を起こす。拗ねた顔でしばらく黙り込んでいたが、やがてハート形のクッションに手を伸ばすと、それに顔を押しつけて、小さな泣き声を漏らした。

嵐は去ったようだった。

綺子はすぐに泣き止んだ。シャツを着直すと、仏頂面で「のどかわいた」と訴えてくるので、俺は備えつけの冷蔵庫を開けた。俺が緑茶で、綺子がコーラで、周が炭酸水。出会って四年目にして初めて、よりによってラブホで、全員がソフトドリンクを選ぶ。

丸いベッドの上、綺子を真ん中にして並び、俺はヘッドボードに寄りかかって、ちびちびと喉を潤した。

「なんかさ、俺たち、殴り合ったはてに和解したヤンキーみたいだな」

俺は言った。周が息を吐いて笑う。綺子はコーラを飲まずに、缶を目元に当てて上を向いていた。赤くなっているのをどうにかしたいんだろう。向かいの壁はぜんぶ鏡になっていて、そこに映っている自分たちをぼんやり眺め、さっき間違っておっ始めなくてよかったと俺は心から思った。あそこに素っ裸の三人がいるのは、なんていうかちがう。そうじゃない。俺たちはずっと、そうじゃなかった。

全員に度胸が足りないのか、ほかのなにかが欠けているのか、あるいは、別のなにかが多すぎるのか、わかんないけど。

「性別が決まってるのがまず邪魔じゃない？」綺子が上を向いたまま言う。「知ってる？　魚って、性転換できるのがいるんだって。あとね、しゆう……、オスとメスどっちの役割もできるやつとか」

「雌雄同体」と周。

「ヒトもそれでよくない？」

綺子がずるずると体勢を崩し、ベッドに寝転がった。ようやく目元からコーラが外れる。

「あたしが男だったら、周くん落としてたと思うな」

「一回やって終わりだろ」周がものすごい台詞を返す。「四年も続いてない」

綺子が長い脚を振り回して周を蹴り、次になぜか俺にまで攻撃を加えてきた。俺は苦笑する。

やり取りすべてがすでになつかしい感じがして、くだらない会話をするたびにそれは溢れて、こぼれていくようだった。

「竜朗が女の子だったら?」と綺子。

「なんなんだよ、その仮定」

俺は突っ込んだ。周が髪をかきあげて考える。こいつが髪を結んでいないところを見るのは、考えてみればこれが初めてだ。

「女の食い逃げか。竜朗はあの路地裏に逃げ込んで綺子を見つけて大騒ぎして、俺が到着してあの変態を倒して、お前らはどっちとも俺に惚れて、俺はどっちにも興味がなくて終わり」

「ひどくない?　それ」綺子が抗議する。

「俺を女にしたほうが早い。竜朗なんて速攻で心変わりするぞ」

「俺だけチョロい扱いにすんな」

「あたしと周くんはどうなるの?」

「……じゃあ、俺は女でバイになるか。お前とも一回くらいは寝るよ」

「どのみち一回だけじゃんっ」

綺子がまた暴れて、男二人を蹴り飛ばす。ベッドが揺れて、俺は慌てて緑茶をサイドテーブルに置いた。周が笑う。

「だから、いまのほうがよかっただろって」

綺子が動きを止めた。また泣くんじゃないだろうな、と思ったが、彼女は「そうだよね」と囁いた。

「これしかなかったよね、うちらには」

独り言のようにつぶやいたかと思うと、がばっと身体を起こす。

「ねえ、寝る前に、ハグしよ」

それでそうした。三人いっぺんに。ハグというか、スクラムを組んだ、と表現したほうがちかいかもしれない。ベッドの上に座り直し、綺子が俺と周を引っ張り寄せて、額を突き合わせたのだ。

目を閉じた。この匂いを知っている。

十秒くらいそのままだった。

最後に綺子は腕に力をこめて、ぱっと離れた。目が合うと彼女は笑った。いつもより幼い表情で、はにかむように。周は片目を細めた。

──いまだったら。

と俺は思った。

いまだったら、だれかがなにか始めたら、服を脱いだら、そういうふうにだれかに触れたら、俺はそのまま流される。この夜をもう少し引き延ばせるのならなんでもする。ここからこぼれていくものを、堰き止められるのなら。

「消すぞ」

周が言って、部屋がふっと暗くなる。

まだ座ったままでいた俺は、置いていかれたみたいな感覚になった。綺子がもぞもぞ動くのがわかったが、触れ合うことはない。いまだったら──。俺はほとんど祈るような気持ちだった。

「好きだよ」

綺子が囁いた。

「明日世界が終わるなら、この三人でいたいって思うくらい」

それだけだった。だれもなにも始めなかった。俺は壁を向いて横たわりながら、「おやすみ」と返した。自分の声が、なんだか遠くの暗闇に吸い込まれていくように感じる。

泣きそうだ。

目を閉じる。来世あたりではきっと雌雄同体の魚になって、この群れで暮らせますようにと、めちゃくちゃなことをわりと本気で願った。


翌朝は平和なものだった。

チェックアウトは十時で、俺たちは九時すぎに起きた。夜に強い二人は朝には弱く、ひたすら怠(だる)そうに身支度を整えるだけで、会話もままならなかった。ホテルを出ると外はよく晴れていて、三人ともが明らかに昨日と同じ服を着ているとわかるくたくたの恰好をしていて、そこが新宿だということを差し引いても、俺たちは場違いだった。

「まぶしいねえ」

綺子が気の抜けた声で言い、空を見上げて微笑んだ。

もう彼女は、酔って暴れることも、枝豆を投げつけることもしないのだ。少なくとも俺には。

「じゃあね」

カジュアルに手をあげて、通りかかったタクシーを拾うと、綺子はあっさり乗り込んだ。周はろくに見ることもしなかった。拳を口元に当ててはあくびを繰り返している。

「俺は歩くわ」

眠たそうにつぶやいて、やつはふらっと踵を返した。背が高いからしばらくは目で追えたものの、そのうち見えなくなった。

俺は帰る前に回り道をすることにした。あの路地裏に行きたかったのだ。なんとなく。

ジャケットとカバンを小脇に抱えて、呑み屋の並ぶ通りをぶらぶら進んだ。適当に歩いていれば見つかる気がしていたが、いくら探しても辿り着けなかった。ほとんどの店はオープンしていない、むしろ明け方に店じまいをしたばかりで、人の通りもなくて、あのときとは条件がちがいすぎていたのだ。周の店の近所で、袋小路になっている場所にはいくつか行き着いたものの、いまいち確信が持てなくて俺は苦笑した。ゲームでよくある、一度逃したら二度と巡り会えないボーナスステージの入り口みたいだなと思った。

三十分ほどうろついて、諦めて駅に向かう。

祝日の午前中、街に出ていく人混みを逆流して改札を通る。電車に乗り込んだ頃には妙に清々しい気分になっていた。あの夜から昨日の夜までのすべてが、すっぽり箱に入って自分の真ん中にしまわれた。そんな感じ。寂しくなるから取り出すことはあんまりないかもしれないが、とにかく永遠にそこにあって、絶対になくならない。

俺たちは、ほんとはすごく幸せだったのだ。

窓の外を見慣れた景色が遠ざかる。たしかに眩しかった。

不自由な大人たち

昔から、恋人より、家族よりも、友達が大事だった。

なかでも櫻子は中学生のときからの親友で、だれよりも長い時間をいっしょに過ごしていて、初めて彼氏ができた日も初めてキスをした日も処女を失った日も、大学に受かった日も初めて酔っ払った日も内定をもらった日も、お互いすべて知っていて、プロポーズされたときも子どもができたとわかったときも、彼女は私に一番に教えてくれた。それが嬉しくて誇らしくて、本当に、櫻子のためならなんでもやると、私は思っていた。

だから金曜日の夜、彼女から「話があるの」というメッセージを受け取った私は、仕事帰りに飛んでいった。

場所は櫻子の自宅だ。モモちゃんが産まれてからは家で会うことが多くなった。「聞いて!」とか「うち来て!」とかではなく、「話があるの」というからには重ための相談事なんだろうと思って、私は成城石井で櫻子の好きなチーズケーキを買い、お土産に持っていった。

通い慣れたマンションのエントランスでインターフォンを押すと、「どうぞ」という言葉の後にロックが解除された。沈んだ声の調子からしても、よほど深刻な事態らしい。緊張した。

エレベーターを降りてチャイムを押すと、かちゃりと音がして鍵が開く。

「お邪魔しま……」

玄関に一歩入ったところで、私は固まった。

寝ているモモちゃんを抱えて廊下に立っていた櫻子は、見るからに憔悴し切っていた。いつも艶々している栗色の髪は乱れ、もともと色白なのに顔色が悪いせいで病人のようだ。目は赤いけど泣いてはおらず、それがかえって痛々しい。

「どうしたの」

私は訊く。モモちゃんになにかあったのかと一瞬思い、胸がぎゅっとしたのを感じた。

「櫻子?」

「あがらないで」

靴を脱ぎかけていた私は動きを止める。彼女はゆっくりと息を吐いた。

「ごめん、志津(しづ)」

「いや、なにが――」

「陽太(ようた)が浮気したの。責めたら帰ってこなくなった」

私は絶句した。陽太さんが? あんなに櫻子に夢中だったのに? あんなにモモちゃんを可愛がっていたのに? モモちゃんはまだ二歳にもなっていないのに?

「それで私、不倫する人が全員無理になったの」

櫻子の暗い瞳(ひとみ)がこちらに向けられる。私はじっとしていた。彼女のこんな視線も、こんなに静かな声も、初めてだった。

「だからもう志津にも会えない」

私はそうっと手を伸ばして、廊下の隅に成城石井の袋を置く。泣くところではない。私が泣くのはお門違いだ。

「わかった。じゃあ、別れてくる」

代わりにそう言った。

「そんなこと頼んでない……」

「全員と別れてくる。そしたらまた来る」

櫻子は疲れ切った様子で首を横に振って、モモちゃんのちいさな頭に唇(くちびる)をつけた。私は踵(きびす)を返して玄関を出た。エレベーターの前に立って、でも待つのがもどかしくなって、いままで使ったこともなかったマンションの外の螺旋階段を駆けおりる。かんかんかんかんかん、とヒールの音が、夜のしんとした空気の中に響きわたった。五階から地上までぐるぐると景色が回り、なんだか自分が転がり落ちているみたいだと思った。早く、早く、早くしないと——。

着いた先は駐輪場だった。センサー式の照明がぱっとつき、私はママチャリが三十台くらい並ぶ中を走り抜ける。マンションを振(ふ)り仰(あお)いで、遠い、と思った。櫻子のいるところまでずいぶんある。ほんの十分前、ここに着いたとき、私の頭にはケーキを食べながら真夜中まで彼女の話を聞く自分の姿しか思い浮かんでいなかったのに。櫻子がなにに悩んでいるにせよ、それが私にも関係してくることかもしれないなんて、まったく予想していなかった。

泣くところではない、ともう一度自分に言い聞かせる。大きく深呼吸して意識を切り替えた。全員と別れてくる。櫻子にそう約束したのだから、そのとおりにしなくてはならない。私は背筋を真っすぐにして、早足で駅に向かった。

私が初めて既婚者と付き合ったのはハタチのとき、まだ大学生の頃だった。

当時私は、まかない目当てでちょっと高級なイタリアンレストランでバイトをしていて、相手はそこの常連さんだった。いま考えると、不倫をしたい男性にとって、私は相当都合のいいターゲットだったんだろうと思う。おなじ大学に通う男たちはみんな馬鹿で子どもっぽく思えて、彼らに比べると、その人はいかにも余裕のある大人に見えた。お店での働きぶりを褒められたことから少しずつ会話をするようになり、そのうち話が盛り上がって外に食事に行くことになり、そのままホテルの流れになった。私は動じていないふりをした。子どもっぽいと思われたくなかったからだ。その発想こそ、愚かな小娘のものなのに。

バイト先には内緒にした。常連客と付き合っていることを知られたら、クビにされるかと思ったのだ。

三ヶ月ほど、週に一、二回ディナーをご馳走になり、そのあとホテルか私の家に行く、というのを繰り返した。最初は「素敵」と目を輝かせて私の話を聞いていた櫻子も、だんだん「なんで平日の夜だけなの」「どうしてお家デートのときは志津のところばかりなの」「休日の昼間に出かけたことはないの」と突っ込んでくるようになり、私はそのどれにも答えられなかった。

「次はあなたの家に行きたい」

ある日とうとう言ってみた。彼は「そんなことをしたら大ごとになる」と言って穏やかに笑い、知っていると思ってたんだけど、と続けた。

「僕、結婚してるからね」

「――結婚してるの?」

信じられない気持ちで訊き返した。どうしてしてないと思ったの、というのが彼の返答だった。申し訳なさそうな様子は欠片(かけら)もなかった。彼はいつもどおり私を車で送り、別れ際、「今日で終わりにしたかったらそれでもいいよ」と言った。私はその夜のうちに櫻子を我が家に呼び出した。

どうして彼は結婚していないと思い込んだのか。

私たちは夜中まで真剣に話し合った。結婚指輪をしていなかったから、というのが第一の理由だったけど、なにより、いままで付き合っていた相手は歳上といえどもみんな学生だったから、既婚者かもしれないなんて警戒が必要なかったのだ、という結論になった。なるほど、社会人と付き合うのなら、こういうことも起こりうる。

その人とはそれで終わった。常連をやめる気はないようだったので、私がバイト先を変えた。

次の職場は、老舗ホテルの中に入っている鉄板焼きのお店にした。落ち着いた雰囲気の飲食店で働くのが好きだったのだ。男性マネージャーに気に入られ、雑談を交わすうちに仲良くなり、そのうちもう少し、距離が縮まりそうになった。左手の薬指にはなにもなかったけど、私は注意深くなっていたので確認した。

「奥さんがいるんじゃないんですか」

彼は寂しげな苦笑を浮かべた。

「いたことはあるけどね」

今度はバツイチか、と思った。でも、離婚しているのなら少なくとも法的には問題ない。一ヶ月ほど付き合ったものの、やはり違和感を覚えて問いただしてみると、彼は別居状態にあるだけで、まだ籍は抜いていないことが判明した。「別れるつもりはあるんだよ、だから志津ちゃんもうちょっと待っててよ」と引き止められたけど、ふざけんな、と思って関係を切った。バイトも辞めた。私は櫻子を呼び出して、世の中どうなってるの、東京にはこんな男しかいないの、と憤った。

「志津は甘え下手の歳上好きだもんなあ。その上、さっぱりしてるのに聞き上手だから、この子となら重たくない恋愛ができるかもって、結婚してる人たちも勘違いしちゃうのかな」
慰めるように櫻子は言った。たしかに昔から相手は歳上が多かった。中学生とか高校生の頃なら付き合うのは「先輩」でよかった。でも、大学生になると話は変わる。

気をつけても気をつけても意味はなかった。私はなぜか圧倒的に、既婚者にモテた。

もちろん、ときにはおなじゼミの子とかサークルの先輩とかと付き合うことだってあった。だけど長続きしなかった。その上、彼氏がいても既婚者に声をかけられた。奥さんのいる人から誘いを受けて、どうして私が「彼氏がいるので」と断らなきゃいけないのか? 案の定、「別にいいよ」と言う人もいた。そりゃあお前はいいだろうよ、と思った。

「志津は同世代には大人すぎるのかも」

櫻子はそう分析した。彼女は私とちがって、自分より歳下に人気のあるタイプだった。華奢で色白で、育ちのいい雰囲気があって、憧れのお姉さん的なポジションになることが多い。といっても実際選ぶ相手はいつも同い年で、中学で二人と、高校で一人と付き合った。短くても半年以上、二年ちかく続くこともあって、上京してから彼氏と長続きしたことのない私からすれば、羨ましい安定ぶりだった。

「歳上が好みなのは認める。でも独身の人がいいんだよ。不倫相手なんてけっきょくは、都合よく使われて終わりでしょう。そんなのになりたいと思ったことなんかないのに」

そんなのになりたいと思ったことなんてなかったのに。

二十代前半で、不可抗力的な不倫——独身だと信じて付き合ったら妻帯者だった、という交際——を三件やった。二十四歳のとき、友達の結婚披露宴で知り合った二歳上の人に告白された。彼は独身だった。出会いも彼自身も、お付き合いそれ自体もすべてごくノーマルで順調で、高校生のとき以来に一年以上続き、とうとう彼の実家に行くことになって、この人と結婚するかもしれない、と私は思った。でもだめだった。都内の高級住宅地にある、金持ち然とした一軒家に招かれてみれば、私を待ち受けていたのは相手の両親からの質問攻めだった。実家はどちらなの？　大学は？　いまのお仕事は？　子どもは好き？　あまりにも露骨な値踏みに、私はパニックに陥った。彼の母親からは、結婚したら仕事を辞めて家庭に入り、ぽこぽこ子どもを産む女性を理想としている匂いを嗅ぎ取った。うちの父親といっしょだ。私はそういう人種を嫌悪している。

今日は実家に泊まるという彼を残してひとり家に帰り、私は櫻子を呼び出した。

「志津は絶対に、なんにも悪くない」

彼女は私の手を握って言った。その後すぐに彼とは別れ、なによりショックだったのは、大人になって初めてまともに付き合った人だったのに、自分がたいしてダメージを負っておらず、それどころか彼の母親と二度と会わなくてよくなったことに安堵すら覚えている点だった。人間としてなにか大事なものが欠落しているんじゃないかと思った。そんなことない、と櫻子は首を横に振ったけど。

「志津を理解してくれる人は、もっと別にいるってだけだよ」

しばらくだれとも付き合わない期間を経て、その後はもう、ギブアップした。

私はどうしてか既婚者を惹きつけるし、性格的にも不倫に向いているのだ。

結婚願望がない。独占欲もない。嫉妬もしない。好きな人に毎日会いたいという情熱もない。仕事を大事にする男の人が好きだし、自分も仕事を優先したいし、月に何回か楽しく食事をし、スポーツみたいに爽やかで後腐れのないセックスができれば、相手があとの時間どうしていようとかまわない。彼の家族に会いたいとも、自分の家族に会わせたいとも思えない。

友人の紹介で陽太さんと出会い、順調にお付き合いを進めていた櫻子に、私はそう打ち明けた。

「きっとこの世界のどこかには、志津とおなじような考えの独身男性もいると思うんだけどな」

「もちろん、そういう人と運よく巡り会えたら、そっちにするよ」

櫻子は悩んだものの、私を見放すことはしなかった。子どもがいる人と不倫するのはよくないと思う、と言い、それは論外だと私も同意した。新婚の人もだめでしょう。たしかに。そもそも私には、奥さんと仲のいい人と付き合うつもりはなかった。既婚を隠す人もお断りだ。かといって、離婚は時間の問題で、再婚相手を募集している人なんていうのも困る。そういう面倒くさいのは一切なしに、ただお互い都合のいい関係を築きたかった。だれのことも傷つけたくはない。

「そんな不倫あるの？」櫻子は首をかしげた。

「わかんないけど。いや、今後は不倫しかしないって決意したわけじゃなくてね、既婚者も選択肢に入れてみるってだけだよ。事前にちゃんと話して、条件を確かめて、大丈夫そうな場合にのみ」

「そこまで割り切るなら、大金持ちの愛人とかになっちゃうほうがいい気がするけど」

「それはなんかやだ。お小遣いもらいたいわけじゃないもん」

私が顔をしかめると、櫻子はにこにこした。

「ねえ志津、私は志津なら大丈夫だって信じてるけど、ほかの人はもちろん、志津も傷つかないでね。あと、これから私が結婚しても、いままでどおりぜんぶ話してね。嘘も秘密もなしよ。私ちゃんと、だめなことはだめって言うから。志津も私がもし、旦那さんの悪口を言いまくる退屈な人妻とかになったら、注意してね」

それから半年ほどで櫻子は婚約し、結婚した。ウェディングドレスに身を包んだ彼女は眩しいくらいに綺麗で、好きな人と結ばれて幸せな女の人というのはこんなふうに笑うんだと、私も胸がいっぱいになった。披露宴のスピーチも二次会の幹事も私が任され、私は櫻子の望みどおり、過剰な演出を挟み込まない、明るくて美しい式にした。

そんな彼女と対照的に、私が二十代後半で付き合ったのは十人くらいで、ほとんどが不倫だ。

私たちはもうすぐ三十歳になる。

櫻子が順風満帆(まんぱん)な結婚生活を送り、モモちゃんを授かって産む間、私は自分の不倫ルールを確立し、洗練させていった。初期こそ想定外のこともあったけど、慰謝料を請求されるような事態にも、妻と別れるから僕と結婚してくれ、なんて展開にもなったことはない。いまの私がキープしている条件をいくつか挙げるとすれば、当該男性の結婚生活は破綻(はたん)しているものの双方に離婚の意志はない、同居している子どもはいない、夜にしか会わない、「愛している」とは言わない……、こんなところだろうか。

要は、節度を守った不倫のできる人がいい。

そんな不倫はあるのかと、私も最初は思っていたけど、大都会というのは、あらゆる需要に対応できるようになっていた。世の中には、思った以上に割り切った関係の夫婦がいて、世間体を考えて離婚はせず、互いに我関せずで過ごしているらしい、というのが発見だった。しかもそういう人は、精神的にも経済的にも余裕のあることが多いのだ。

私があまりに平和に不倫を続けていることを、櫻子は心配した。

「志津はほんとにそれでいいの？　この人とずっといっしょにいたい、と思うことはないの？途中から本気で好きになってるのに、無理して不倫で満足なふりしてない？」

「もっと話したら面白いかもしれない、くらいは思うことあるよ」

「ほら！」

「でも、実際にそうするほどの強い感情は湧かない。面倒くさくなっちゃうんだもん」

櫻子は、ほう、と息を吐いた。

「志津は相変わらずだなあ。ねえ、じゃあ、私にだけは、ときどきでいいから、ちゃんと弱音とか吐いてね。たまにはだれかに甘える練習しないと、志津、どんどん下手になっちゃうんだからね」


いま私が定期的に会っている男性は、三人いる。

一人だけのときもあったし、もっとたくさんいたこともあった。私にとっては寝ることもある異性の友人という位置付けで、今夜は絶対に女子会――ほとんどの場合、それは櫻子と喋り倒すことを意味する――がしたいという日もあれば、男の人と過ごしたいなと思う日もある、というだけだ。

一番付き合いが長いのはダニエルだ。七つ歳上のアメリカ人で、ニューヨークに一軒、ロサンゼルスに二軒、シンガポールに一軒、そして東京に二軒、レストランを所有している。

出会いは恵比寿のカフェだった。

休日の夕方、ひとりでお茶をしていたら、隣の席から声をかけられたのだ。英語だったのでびっくりしたけど、私は一応英文科だったたし、仕事でたまに使うこともあるので、簡単な会話ならできる。

「なに読んでるの」

Tシャツにジーンズにビーチサンダルという恰好で、ジムに通って鍛えているような体格で、笑い方も口調もなにもかも、いかにもアメリカ人という感じの白人男性だった。例の二歳上の人と別れてしばらく経った後だった。私はまず彼の左手を確かめる。薬指に指輪があった。

「仕事の資料」

私は読んでいた本を開いたまま、そっけなく答えた。彼は笑顔を崩さない。

「この後、時間ある?」

「結婚してるでしょう」

英語が話せるといっても、咄嗟に小難しい返答ができるほどではないので、ダニエルとの会話は初対面のときからひどくストレートだった。それがよかったのかもしれない。

「この国ではしてない。それに、お酒を飲むだけだよ」

「お酒を飲むだけ、ね」

「笑わないんだね」

「え?」

「日本の女の子って、すぐににこにこするからさ」

私は苛立った。あの頃はささいなことで機嫌が悪くなったのだ。本に戻ろうとしたら、「そんなふうにならないで」と苦笑された。

「名前は? 僕はダニエル。怪しい者じゃなくて、ほら、名刺もある。いくつかレストランを持っていて、日本には仕事で来てるんだ。来週までいる」

彼はこちらのテーブルに名刺を置いた。私はちらりと視線を向ける。肩書きはきちんとしているように見えた。

「シズ」

「シズ。素敵な名前だ。食事に行かない？　紳士的に振る舞うよ、約束する。僕はただ、新しい人に会うのが好きなんだ。いろんな話をしてさ。友達になれるかもしれない」

「ただの友達？」

彼はにやりとした。

「君は人を信用しないね」

その台詞は、私に刺さった。

食事に行った。とても美味しかった。連絡先を交換した。ダニエルは自分が滞在するホテルの前まで私を連れていき、バーでもっと飲んでいく？　と訊いた。こちらが断ればあっさりと身を引き、じゃあ気をつけて帰ってね、とタクシー代を渡してこようとした。私はまた唐突に苛立ち、いらない、と撥ねつけた。彼はすぐに財布をしまい、「楽しかった？」と首をかしげながら訊いた。

私は少し考えてから頷いた。

「じゃあ、また会おう」

次の週にもう一度会い、ディナーをご馳走になった。ダニエルに連れていかれる場所はどこも外国人のお客さんが多くて、すっかり慣れたと思っていた東京の街が、彼といっしょだと異国のように感じられた。日本には定期的に来るからまた会おう、そう言われて悪い気はしなかった。数時間だけとはいえ、英語のみで意思疎通できたのが嬉しかったし、自分の感情や欲望をストレートに口にするダニエルとの会話は面白かったのだ。本当に友達になれるかもしれない、と思った。そしてもしかしたら、都合のいい相手にも、なりうるかもしれない。

次に彼が来日したとき、私は訊いた。

「昔から、既婚者ばかりに好かれるの。どうしてだと思う?」

それはちがう、とダニエルは言い切った。

「シズは美しいから、結婚している男にも結婚していない男にも言い寄られているはずだ。君は眼中にない独身男のことは気にも留めず、既婚の男には腹を立てるから、後者のことだけをよく覚えているんだよ」

私たちはバーでカクテルを飲んでいた。テーブルにはキャンドルが置いてあり、彼のグリーンの瞳にゆらゆら火が映っているのが綺麗だった。この人なら大丈夫かもしれない、という予感がした。それともあれは、単に私の願望だっただろうか。

子どもはいないという。奥さんはロサンゼルスに住んでいて、彼も一年の半分くらいはそこで暮らし、あとは仕事と旅行を兼ねて世界を回っているらしい。

「妻のことは愛してるよ。親友さ。彼女が素晴らしいのは、僕がほかの国でなにをしていようとまったく気にしないところだ」

初めてホテルの部屋まで行ったとき、私はアメリカ人じゃないんだから、やたら褒めるのはやめて、と頼んだ。特に「愛してる」は絶対に禁止だと。彼は笑いながら、それはもちろん、と頷いた。

「心配しなくても、僕は結婚してる。シズのことは、ただとても好きなだけだよ」

ダニエルは先月日本に来たばかりで、次は二ヶ月ほど後、クリスマス前に来日する予定だったはずだ。そんなに待つことはできないので、別れるのは彼から始めることにした。櫻子と会った翌日にはメールを送った。礼儀に反するかもしれないけど、顔を見ないで済むのはありがたい、という思いもあった。

「ダニエル、突然ごめんなさい。もうあなたとは会えません。楽しい時間をありがとう。出会えてよかったし、あなたとのことは、思い出にします。さようなら、どうかお元気で」

言葉を足したり引いたり、「別れる」というワードを入れるかどうか朝から延々と考えた挙げ句、夜になって勢いで送信ボタンを押した。彼は日本にいるとき以外は連絡にルーズなので、数日経ってから似たようなメッセージが返ってきて終わりだろうと思った。

予想に反してすぐに電話がかかってきた。

シャワーを浴びようとしていた私は驚いてスマホを見た。ＬＡはいま早朝のはずだ。ただし彼の場合、アメリカにいない可能性もある。

「ハロー?」

「なに、ダニエル」

「これどういうこと?」

相変わらず声の大きな人だ、と思った。電話越しに英語を話すのは苦手だ。表情がわからなくて緊張するし、対面のときよりも通じないことが多いから。私はベッドの上に座り直し、ひそかに深呼吸した。

「送ったとおりだけど。終わりにしようと思ったの」

「唐突すぎない?」

冗談を聞かされたみたいな、半ば笑っている口調だった。

「本気よ。もう会わない。次に日本に来るときは、連絡してこなくていいの。いままでありがとう」

数秒沈黙があった。

「結婚でもするの？」

「ノー」

「嫉妬深い彼氏ができたとか」

ノー、と言いかけてから、「イエス」に変えた。彼が短く笑ったのが聞こえる。

「知ってる、君は、嘘が下手なんだ」

「理由がいるの？」どうしてか自分でもわからないけど、私は急に喧嘩腰になった。「こんなの、片方が終わりにしようって言ったら終わるものじゃない？」

そんなに簡単じゃない、と低い声でダニエルが言う。

私はサイドテーブルの上にあるキャンドルに目をやった。これはいつか彼からもらったアメリカ土産だ。赤ワインの注がれたグラス、ホテルの暗闇で触れる上等なシーツの感触、日本人の男からはしない濃い香水の匂い、そういうものが頭に浮かぶ。ダニエルとの時間は最初から刺激的で非日常的で、ぜいたくな旅行みたいなものだった。なくなっても困らないし、それは相手にとってもおなじはずだ。私はちゃんと気をつけて不倫をしてきた。失って困るものを夜に持ち込むことはしなかった。そういうルールを、自分で作ったんだから。

「……簡単よ。特に結婚していないほうが結婚しているほうを振るときは。僕も楽しかった、ありがとうって言えないの？　またいつか見つければいいでしょ、新しい人に会うのが好きなんだから」

「いまさらそんなことを言うのはフェアじゃない」

ダニエルの口調は静かだった。私は唇を嚙む。彼が怒っているのか、怒ったふりをしているのか、電話だとわからない。

「僕がいまどこにいるか知ってる?」

「知らない」

「台北だ。近いね」

「台湾に?　どうして?」

「仕事だよ。テレビに出るんだ、話さなかったっけ。終わったらそっちに行こうかな」

来ないで、とほとんど反射的に私は返した。「来ても会わない」そう付け足すと笑われた。どこか皮肉っぽい口調で彼は言う。

「いいさ、じゃあ、そういうことにしておこう。でも、君はそのうちまた戻ってくると思うよ。いままでずっとそうだったんだから。またね、シズ」


日曜日、櫻子からメッセージが届いた。

「一昨日はごめんなさい。だれとも別れないで。八つ当たりしちゃっただけなの。もう少し落ち着いたら大丈夫になるから、待ってて。うちと志津のことはぜんぜんちがうの、わかってるから」

私は返事を書くのに一時間くらい悩んだ。陽太さんとはどうなったの、と訊きたいところだけど、彼がまだ家に帰ってきていなかったら傷つけてしまうかもしれない。詳しい事情はわからないのだ。浮気って、だれと?　いつ?　一回だけ?　何回も?

いつもなら、櫻子はなんでも教えてくれるのに。

本当は電話のほうが好きな彼女がこうやってメッセージを送ってきたってことは、まだ直接話すのは無理なんだろう。もちろん会いにいくこともできない。力になれない。

「私のことはいいから。話はいつでも聞くから、また連絡してね」

返事はこなかった。

私はベッドに寝転がってスケジュール帳を眺める。明日と水曜日は、夕方や夜に打ち合わせが入っているので終わりの時刻の見当がつかない。金曜日は後輩と食事に行く約束をしている。彼は今年新卒で入ってきた、課では一番若い子で、別にそう親しいわけでもないから延期できるかもしれないけど、相談があるらしいので、できれば付き合ってあげたい。残るのは火曜日と木曜日だ。週末は？　週末も、昼間とおなじくらい、不倫には向いていない。特に土曜日は嫌だった。休みの日で、翌日も休みで、なんだか時間が間延びしている感じがする。泊まっていこうよ、なんて提案を受けやすい日でもあるから、いつも避けてきた。

「不倫するなら、平日の夜が一番いいってこと？」

いつか櫻子に訊かれたことがある。

「うん。なんか忙しなくて、甘い雰囲気に欠けるでしょ」

「志津にとっては、部活みたいなものなのかもね」

「部活？」

「言ってたでしょ、休日に出ていかなくちゃいけない部活には入らないって。授業が終わった後、半ば趣味で、半ば義務で行くのがいいんだって。ストレス発散にはなるけど学校生活の一部で、休日にわざわざ出ていく情熱はない、みたいなこと」

高校のとき、私は茶道部で、週に一度お茶とお菓子を楽しむくらいしか活動しなかった。櫻子は吹奏楽部で、大会前は休日にも練習があり、副部長まで務めたというのに。部活と不倫。言われてみれば感覚としては似ているかもしれないと、そう感じた自分にびっくりした。すべてを捧げて夢中になるみたいなことが、私はできないのだ。

「思うに君は、制約が好きなんじゃないかな」

そう言ったのは桂木さんだ。

「ただの恋愛よりも不倫のほうが、決まりごとが多い。君は自由と不安定より、不自由と安定——、というか、安心を選んでるんだ」

「私は不倫で安心してるっていうの?」

彼は、ちがうの、という顔をした。もちろんあれも平日の夜で、私たちはカフェでコーヒーを飲んでいた。安心? たしかに、選択的に不倫を始めてから現状に不満を覚えることは少なくなったけど、安心なんてものと結びつけたことはなかった。私はなぜか動揺し、こちらをじっと見つめてくる桂木さんの目に、ほとんどパニックを起こしそうになった。

「やめて。そういうふうに人を分析しないで」

彼は苦笑して、そんなつもりはない、とつぶやいた。知っていた。彼は頭がよすぎて、そんなつもりがなくても、物事の本質的なところを見抜いてしまうのだ。

別れ話をしたらどんな反応をするのか、一番予測できないのも桂木さんだった。

迷った末、私は先に是枝さんに連絡をした。三週間ぶりくらいだろうか。

「今週の火曜日か木曜日、空いてませんか」

返事がきたのは翌朝だった。

「木曜日で」

月曜日の夜は打ち合わせが長引いて、家に帰ったのは十時ちかかった。疲れていた。私は帰宅するなり服を脱ぎ捨て、下着姿でベッドに倒れ込み、それでも数分後には起き上がって、桂木さんへのメッセージを打ち込んだ。

早く終わらせなくちゃいけない。早く片付けて、櫻子のところに行かなくちゃいけない。そうしないと――。

あの螺旋階段を駆けおりたときの焦燥をまた感じた。

「急だけど、明日の夜に会えませんか」

桂木さんは夜型なので、まだ起きていることはわかっていた。十五分ほどで返事がくる。

「どうかしたの？」

私はスマホの画面を凝視した。いつもと変わらないやり取りなのにどきりとした。既読がついてしまったからなにか返さないと、と思っているうちに、続けてメッセージが届く。

「申し訳ないけど、週末までは無理そうだ」

内心で後輩に謝り、「金曜日は？」と返した。

「どうしても今週がいいなら、土日しかない」

じゃあ日曜日、と送りそうになる。私が自分に課したルールだとそうなる。でも、そうなると来週まで櫻子に会いにいけない。土曜日にしたってかまわない、と思い直した。そうすれば日曜日に櫻子の家に行ける。別れ話をするのだから、休日の和やかな空気なんか関係ない。すぐに済むはずだ。

「土曜日にする」

私は送った。どきどきした。私が土曜日の夜に彼と――彼らと――会わないようにしていることを、この人は覚えているだろう。私は新しい人と関係を始めるときはきちんと自分の条件を説明するし、桂木さんはそういう情報を忘れない。

「日曜日は用事があるの」

訊かれてもいないのに付け足した。どちらもすぐ既読になる。私は自分の親指の爪を噛んで返事を待った。

「わかった。じゃあ土曜日に」

私はスマホを放り出し、シャワーを浴びて寝ることにした。是枝さんが木曜日、桂木さんが土曜日。それですべてを終わらせて、日曜日の朝イチに櫻子に会いにいく。完璧な計画で、あとはもう、そのとおりに進めるだけだ。

大丈夫、絶対にそれで大丈夫。

私はちゃんと、櫻子のいるところに行ける。


水曜日の夜、櫻子から今度は電話がかかってきた。

夜の十一時すぎで、私は電車に乗っていたけど、ちょうど停車するタイミングだったので咄嗟に車輛から降りた。自宅の最寄駅より二駅手前のところだ。

「まだ外にいるの」

というのが彼女の第一声だった。非難ではなく心配の混ざった確認という口調で、声の調子は、まだ弱々しい感じがした。まだ起きてるの、と私は内心だけで返す。櫻子は朝型で、特に子どもができてからは早寝早起きするよう切り替えていたのに。

「打ち合わせがてら飲んでたから……」

君は嘘が下手なんだ、というダニエルの声が頭の中で再生された。櫻子は勘づいただろうか。

いや、取引先と飲んでいたのは本当のことだ。でも九時前には解散になった。そのあと会社に戻って仕事の続きをした。明日も明後日も残業できない。少しでも進めておきたい案件があった。

「いまどこなの」

「駅だよ」

彼女がかけ直そうかどうか迷っている気配を感じて、「電車待ってるところだから大丈夫」と私は付け足した。いま降りたのだから、十分ちょっとは来ない。

「私のために別れるなんて言わないで」

櫻子は囁いた。

私はゆっくりとベンチに腰をおろす。プラスチックの感触が冷たい。人の気配のないプラットホームをぼんやりと眺めながら、陽太さんはまだ帰ってきていない、と確信した。あれからずっと帰っていないかどうかまではわからないけど、とりあえず、いまおなじ家にはいない。

「うん、言わない」

「もう別れちゃったの?」櫻子の声は怯えるようだった。

「ダニエルには言ったよ。直接会ってはいないけど、話は通じてる」

「ほかはまだ?」

「明日是枝さんに会う」

「いいの、本当に、志津」彼女の語調が強まる。「私、この間はおかしくなってたの。突然すぎて信じられなくて、いろいろぐちゃぐちゃになって……。わかるでしょ。ほら、中学生のときとかも、彼氏とケンカして不安定になって、志津にぶつけちゃうことあったでしょ」

最後だけかすかに笑った気配があった。セーラー服姿の櫻子が、目に涙をいっぱいに溜めて、

「もういいっ」と踵を返す姿を思い出した。もういい、志津のことなんて知らない、大嫌い……。

「モモちゃんはどうしてる?」

私は訊いた。すん、と彼女がちいさく鼻をすする。

「元気よ。モモは元気。かわいくて仕方ないの」

愛おしそうな声だった。よかった、と頷きながら、私は手で口元を押さえる。でも、たぶん直前の息遣いで、泣きそうになったことはバレてしまっただろう。それくらいの付き合いなのだ。人生の半分以上をいっしょに過ごしてきたのだ。私は櫻子が悲しむことに耐えられない。こんな夜に、彼女が眠る赤ん坊の傍で、ぽつりとひとり眠れないでいることに耐えられない。結婚したら、人は少なくとも夜の孤独からは解放されるのかと思っていた。そうであってほしかった。私には関係なくても、結婚した友人たちのために。

でも、私にそんなことを願う資格はないのだ。どんな形にせよ、どれだけ条件をつけているにせよ、いまのままでは、私はだれかの夜を奪う側の人間なのだから。

「櫻子のためにやるわけじゃないんだよ」

「でも、志津」

「日曜日には会えそう?」

「桂木さんとは別れないで」

彼女はもう隠さずに泣いていた。懇願するような口調に、私はちいさく笑う。

「大丈夫だよ」

「別れないって言って」

「櫻子のためじゃないから」

「別れたら――」彼女の声が震える。「もう志津には会わない。志津のことなんて知らない」

その台詞は、昔とおなじように私を傷つける。でも、あまりに悲しそうな櫻子の様子に、そんなことできるはずがない、という安心も覚えた。私が櫻子を失うことに耐えられないように、彼女も私がいなくなったら困るのだ。

電車のライトが近づいてきて、私は立ち上がる。乗客がほとんどいないのに煌々(こうこう)としている車輛は、なんだかひどく寂しげだ。

「日曜日に行くね」

「やだ。会わない。それより早く会いにきて。明日来て」

「電車来たから」

電話を切る直前、志津、と櫻子は叫んだ。


是枝さんは、一番新しい人だ。

去年のハロウィンの頃に出会ったので、ちょうど一年くらいになる。職業は歯科医で、年齢はよく覚えていないけど、三十代前半だったと思う。細長い体型で、丸い眼鏡をかけており、『ウォーリーをさがせ!』のウォーリーに似ている。というか、最初に会ったとき彼は実際その仮装をしていて、いまだにそのイメージが抜けない。

ある週末、西麻布にあるシャンパンバーに行ってみると、ハロウィンのイベントをやっていた。私は友人に連れられて、なにも知らずに入ったので普通の恰好をしていた。仮装をしていたのは客の半分ほどだっただろう。奥のテーブルに陽気な一団がいて、私たちはそれを避けてカウンター席を選んだ。是枝さんは、最初は奥のほうにいたものの、途中でカウンターにやってきて、少し疲れた様子で腰をおろした。友人が、すごい完成度ですね、と話しかけた。是枝さんはにこにこした。――そう思ったけど、後になって、常に笑っているように見える顔なのだと気づいた。

「帽子とスウェットだけなんですけどね。似てるからやれって言われて」

「お似合いですよ」

そう言いながら私は、彼の左手の薬指に指輪があることを確かめた。

三人で話していたら、赤いウィッグをかぶり、黒くてぴったりとしたジャンプスーツを着た、スタイルのいい女性が奥からやってきた。是枝さんを迎えにきたようだったのに、けっきょく私の友人を連れていってしまったので、残された者同士で会話する流れになった。

「いまの女性、なんの仮装ですか?」

アニメのキャラクターだろうか、と想像しながら私が訊くと、「ブラック・ウィドウだそうです」と是枝さんは答えてから続けた。

「『アベンジャーズ』って、わかりますか」

「少し前に流行(はや)った映画ですよね」

私が知っているのはそれだけだった。彼は微笑む。

「僕もシリーズの途中までしか観ていません。ブラック・ウィドウというのは、スカーレット・ヨハンソンが演じている女スパイです。ちなみにいまの女性は、僕の妻の恋人なんですよ」

最後によくわからない情報が差し込まれた。彼が酔っているのか、映画のストーリーを知っていれば理解できるジョークの類(たぐい)なのか判断しかねて、「恰好いいですね」と私は仮装の感想だけを口にした。そうでしょう、と是枝さんは頷き、話してくれた。

彼の奥さんは彼より三つ歳上、大学のときのサークルの先輩で、長年憧れていた女性で、玉砕覚悟で告白したらＯＫしてくれた。ただし、自分はバイセクシャルだと覚えていてほしい、とも言われた。是枝さんは特に気にしなかった。「あなたは男女の中で一番僕が好きってことですか」と確かめたら「ポジティブ」と褒められたという。交際は順調に進み、二人は結婚した。二年ほど経った頃に、好きな人ができた、と打ち明けられた。

「それがあのブラック・ウィドウですか」

「そうです」

是枝さんは、別れを切り出されるのかと思って悲しくなった。奥さんは、別に離婚はしなくてもいいのだと言った。そんなことをしても、ブラック・ウィドウと結婚できるわけでもない。奔放な人だから長くは続かないかもしれない。でも、いま一番好きなのは彼女だ。

「男の中で一番は、と訊いたら、にこにこして、それはあなただって言い切るんですよ。それならいい気がしてしまって。だからいっしょに暮らしてはいます。妻が家にいるのは週の半分くらいですかね。ブラック・ウィドウがいる間は僕もほかの人と好きにしていいと言われているんですけど、彼女たち、意外と続いていて、もう二年になりますか。僕もどんどん耐性がついたというか、自由になってしまって。もともと人見知りで、女性と付き合ったのだって妻が二人目だったのに、結婚してからのほうが経験が増えてしまいました。東京の夜の世界って、狭いようで、よくわからないくらい深いですね。仮装も今日が人生初です。こんなのやるやつ馬鹿じゃないかって昔は思っていましたし、いまもそれは変わらないんですが、そういうのももうどうでもよくなってきました」

わかる気がした。お返しに、私は不倫についての持論を展開した。僕はあなたの出す条件に合致する、と是枝さんは言い、そうですね、と私は認めた。

「ああ無理か、こんな浮かれた恰好じゃ」

彼は朗らかに笑った。私は、そんなことはありませんと返しながらも、とりあえず友人の様子を見にいった。彼女を残していっても大丈夫そうであれば、是枝さんと店を出てもよかったのだ。だけど友人は泥酔していて、私は彼女を家まで送ることになった。

「あれが僕の妻です」

私たちが店を出る前に、彼は指さして教えてくれた。ブラック・ウィドウの隣に座っていたのは、修道女と思われる仮装をした、かすみ草のように可憐な女性だった。童顔で、是枝さんより歳上には絶対に見えない。ソファにちょこんと座り、はしゃいだ様子で、恋人にいちごを食べさせてもらっていた。

「素敵な方ですね」

私は言った。そうでしょう、と是枝さんは誇らしげに頷いた。

年末おなじバーで再会した。

なんの仮装もしていない是枝さんは、どこにでもいる、どちらかと言えば地味でおとなしそうな男性に見えたのが可笑しかった。きっと昼間に出会っていたら、私たちはお互いになんの興味も持たなかっただろう。

「修道女とブラック・ウィドウは続いていますか」

私は尋ねた。彼は苦笑して、「いまはロスに行っています。年末年始は、現地で大麻を吸いながら大騒ぎするそうです」と教えてくれた。

「いっしょにどうかと誘われたんですが、残念ながら僕はまだ、そこまで自由にはなれない気がして」

ちゃんと別れ話をするなんて、ひさしぶりだ。

仕事を終え、待ち合わせ先のバーに向かいながら私はそんなことを考えた。独身の人と付き合うことが減り、不倫相手を選ぶのが上手になるにつれ、別れも曖昧(あいまい)になっていった。最近は自然消滅がほとんどだった。なんの約束もないふたりなのだ。会わないでいれば簡単に疎遠になる。

でも今回はちがう。私ははっきりと終わらせたかった。糸が千切れるまで引き伸ばしていくのではなく、すっぱりと断ちたかった。

店に着いたのは七時すぎだった。是枝さんはお酒が好きなので、バーで会って一杯飲んでから移動して食事をし、飲み足りなければちがうバーに行く、あるいはホテルに入る、というパターンが多い。いつもはカウンター席に座るところだが、今日はテーブル席を選んだ。この店で話すつもりだった。彼のことだからにこにこして、ああそうですか、で済む気がしたけど、ダニエルの反応が予想外だったので、少し自信を失っていた。

是枝さんが姿を見せたのは七時二十分だった。カウンター席に私を捜し、まだいないと思ったのか、注文を済ますとひとりで座った。それからこちらの視線に気づいて驚いた顔になる。

「天野(あまの)さん。ここで食べるんじゃないですよね」

ドリンク片手にやってきて、彼は言った。

「ちがいます。でも、話があるんです」

彼はテーブルを見下ろし、私のコーヒーカップを見た。

「言ってもらえれば、僕もアルコールは遠慮したのに」

「いえ、そんなお気になさらず。なんですか？　それ」

「ミモザです。グレープフルーツの」

是枝さんが向かいに座る。丸い眼鏡の奥の瞳と目が合うと、頭の中に用意していた言葉が急に詰まってしまい、慌ててコーヒーを飲んだ。彼は可笑しそうに唇の端をあげる。

「お会いできるのは、今日で最後になります」

私は言った。別れましょう、というほどの関係性でもないし、ごめんなさい、もちがうだろうと思った。ダニエルに送った文章は、後から読み返すと自分でも滑稽で、とても日本語には変換できなかったので、今回はシンプルにいこうと決めた結果だった。是枝さんはにこにこした。そう見えるだけで、実際のところはわからないけど。

「残念です」彼は言う。「僕ら、ちょうどいいと思ってたんですよ」

「ちょうどいい？」

「なんていうか、正気の度合いっていうんでしょうか。世間の大部分の人には眉をひそめられるような生き方をしていて、それを自覚しているのに、自分なりのルールを作って、あくまで理性的であろうとしているところが」

わかりますか、と彼が小首をかしげる。「なんとなくは……」そう答えながら、ルール、という単語に私はどきりとしていた。桂木さんの言葉を思い出したからだ。思うに君は、制約が好きなんじゃないかな――。

「だから残念です。僕とは道が分かれますね」

是枝さんの目がどこか遠くに向けられる。

「修道――」

「え？」

「奥さんと、なにかあったんですか」

彼は困ったような笑みを浮かべた。

「いえ、特になにもありません。とても仲良く暮らしています。でも、僕はもう自由でいることに疲れてきた気がします。不自由が恋しい、というか」

是枝さんは眼鏡を外し、左手で眉間を揉む。不自由というのは、夫婦二人きりの生活、という意味だろうか。普通はそうだ。一般的には、結婚のほうが不自由で、不倫のほうが奔放で自由なイメージがあるはずだ。

「マナー違反の質問かもしれませんが」眼鏡をかけて是枝さんは顔をあげた。「結婚されるんですか？」

「ちがいます」

私は首を横に振る。

独身女が不倫をやめるとき、みんなが一番に考えつく理由は、結婚なんだろうか。つまり、不倫をしながら普通の恋愛もしている、と思われている？　それは、不倫だけをするよりも非道な気がした。

すみません、と是枝さんが囁く。

「どのみち悲しいですね、これ」

そのとおりだと私は思った。

「男の人は関係ありません。ただ改心しようと思っただけです」

「ああ、そうなんですね。羨ましい」

是枝さんは微笑んで、グラスの中身を飲み干し、すっと立ち上がった。行かないで、と私は言いかけた。

失っていいものとだめなものの境界線が、不意にわからなくなる。

行かないでください。私をこんな怖い気持ちにさせておいて、置いていかないでください。

「是枝さん」

彼が立ち止まる。「今年は――」赤と白のボーダーの、派手な三角形の帽子を思い出した。この人は一年前、あれをかぶっていた。正気に度合いがあるんだろうか。私たちは一年前より正気だろうか。

「今年のハロウィンは、なにかするんですか」

ふふ、と息を漏らして、彼は笑った。

「彼女たちはSMバーに行くそうです。僕も誘われています。断ろうと思ってたんですけどね」

彼は窓の外に視線を逸らすと、では、とつぶやいて立ち去った。

木曜日の夜はなかなか寝つけず、金曜日は仕事中、眠くて仕方なかった。

それなのに、夜は例の新卒の男の子と食事に行き、恋愛相談をされた。仕事関係の話だと思い込んでいた私は驚くと同時に呆れた。隣の課の女の子が気になるけどどうアプローチすればいいかわからない、まだ入ったばかりの職場だし後々気まずくなるのは嫌だ、そんな内容で、はっきり言えば、どうでもよかった。そういう話は友達にすればいいんじゃないのと返して帰りたかった。

どうして私は、こんなときに櫻子ではなく、この子の悩みを聞かなくちゃいけないんだろう。

年齢的にも内容的にも、あまりにも若々しくて、くだらないほどピュアで、自分とは別世界の出来事のようにしか感じられない。

「私、社内恋愛はしたことがないから……」

後輩の選んだイタリアンのお店で、ワインを飲みながら私は言った。テーブルの上にはドライフルーツとチーズの載ったプレートと、後輩がひとりで食べているソーセージの盛り合わせがある。店内にいるのは見事に女性客とカップルだけで、予約するときに選べるそういうプランがあるんだろう、もう二回も「ハッピーバースデー」が流れ、それぞれのテーブルにケーキが運ばれていくのを見かけた。女性向けの店をわざわざ選んでくれたのかもしれないが、私は老け込んだ気分になってきた。

「先輩って、いかにもモテるタイプじゃないですか」後輩が言う。「付き合うまではいかなくても、会社の人に告白されたこととかないですか？　っていうか、本当にいまフリーなんですか？」

そうね、と私は頷いた。頷くしかない。いまはフリーだし、ずっとフリーだ。最後に普通の彼氏がいたのは……、三年くらい前だっただろうか。

あのときも、一時的にダニエルと別れた。独身の人と付き合うときは不倫しないと、私は決めている。ただしその彼氏とも二ヶ月くらいで別れてしまったので、ダニエルとは、彼の日本滞在を一回分飛ばしただけで元に戻った。こうなると思っていた、と彼は満足そうだった。シズには向いてないんだよ。monogamy という単語はそのときに覚えた。君は一夫一妻主義には向いていない。そう断言されると不思議な気持ちになった。向き不向きの問題なんだろうか。少なくとも中高生の頃は、こんなふうではなかった。ダニエルは今回も、私は戻ってくると言っていた。どこに？

スピーカーから、また「ハッピーバースデー」が流れ始める。私は逃げ出したくなった。後輩の話は、おなじところをぐるぐる回っている。女の子がこうしてくれた、こう言ってくれたみたいなエピソードを並べては、脈アリな気がするけど勘違いかもしれないから、上手い具合に進展させる方法を教えてください、と求めてくるのだ。男女の恋愛について、私ならよく知っているにちがいない、と確信しているように。私はもはや、既婚者を相手に不倫のルールを説明する以外に、異性とわかり合う方法なんて知らないのに。

「今度、彼女も入れた飲み会開いてあげるよ。いまの案件、あの子もちょっと関わってるでしょ、だからその打ち上げってことにしてさ」

後輩は大喜びした。食事を奢(おご)ったらさらに感激された。天野さんって美人なのにさばさばして話しやすいし、絶対こういう話で頼りになると思ったんですよ、とまで言われて、ますますダメージを喰らった。なにかひどく誤解されているけれど、それを解く方法が私にはわからない。

まだ電車のある時間だったけど、疲れていたのでタクシーを拾う。

櫻子から電話がかかってきたのは、後部座席でうとうとしていたときだった。目をつぶっていた私は、スマホのディスプレイを確かめたものの出なかった。もう十一時を過ぎているし、陽太さんの話ではない予感がしたからだ。やがて電話が切れる。しばらくするとメッセージが届いた。

「桂木さんとは別れちゃだめ。志津、お願いだから」

どうして櫻子は、彼にだけそんなにこだわるのだろう。

私は家に着いてから、「早く寝な」と返事をした。

桂木さんは幸せな結婚生活を送っている人なんだろうと、私は最初、思い込んでいた。

三年前、彼は近所に住んでいた。よく行く喫茶店で何度か見かけたことはあったけど、話したことはなかった。私とひと回りほど歳が離れていて、若々しいどころか、年齢よりも少し老けているくらいの、落ち着いた外見をしている。服装もきちんとしていて、いつも熱心に新聞や本を読んでいるので、上品なおじさま、というイメージを抱いていた。

「天野さんのマンションって、ペット禁止?」

ある土曜日の朝、カウンターで遅い朝食を取っていたとき、喫茶店のマスターが話しかけてきたのが始まりだった。

「禁止です」

「だよねえ……」

「どうかしたんですか?」

聞けば前日の晩、ゴミ捨て場に猫が捨てられているのを見つけてしまったのだという。段ボール箱の中には子猫が四匹もいて、とりあえず知り合いを通して引き取り手を探している、だれか心当たりがいたら紹介してほしい、と言われて考えていたら、いつの間にか桂木さんがすぐ後ろに立っていた。

「一匹だけでもいいんですか」

彼は訊いた。もちろん、とマスターが頷く。桂木さんが「今日ちょうど大学に行くので、学生にも声をかけてみましょう」と続けたので、この人は先生なんだ、と思った。外見の印象どおりだ。桂木さんは、自分も飼いたい気持ちはあるものの、経験がなくて自信もないから、ほかに引き取り手がいればそちらに譲りたい、というようなことを話した。けっきょく、もし当てが見つからなかったら、桂木さんが一匹は引き取る、ということで話はまとまった。

「実家で飼っていたので、少しなら私もわかりますよ」私は口を挟んだ。「もしご自宅に迎えることになったとしたら」

三人で連絡先を交換し合った。最終的には桂木さんも猫を引き取り、私は桂木さんと、喫茶店で会えばたまに話すようになった。桂木さんに迎えられた猫の名前はラテになったという。写真を見せてもらったらたしかにそんな色の毛をしていた。おしゃれですね、と私が言うと、「娘がつけたんです」と彼は一瞬だけ微笑んだ。

優しそうなお父さんだ、と思った。子猫にラテという名前をつける娘の存在も、とても似合う。私の頭の中には庭つきの一軒家と、上等なワンピースを着た女の子が猫を抱いている姿が浮かんだ。そこには桂木さんとおなじくらい品のある、綺麗な奥さんもいるだろう。娘はピアノとバレエを習っていて、奥さんはアクアパッツァとかが得意料理で……。

そうではないと判明したのは、半年ほど経ってからだった。喫茶店で桂木さんを見かけなくなり、どうしたんですかね、とマスターと話していたときだ。

「もうすぐ春なのに、最近変に寒いから、体調とか崩してないといいけど。いつだったか、インフルエンザにかかって大変だったたって言ってたよ。ひとり暮らしって、そういうとき心細いよねえ」

ああでも、いまはラテちゃんがいるから……、とかなんとか続けようとしたマスターを、私は思わず遮(さえぎ)った。

「桂木さんってひとり暮らしなんですか?」

「うん」

「娘さんは?」

　私の反応は、たしかに大袈裟だったかもしれない。マスターはやや面喰らったようにまばたきをしつつ、「それはほら、つまり」と言葉を濁した。

「離れて暮らしているから、あんまり会えてないいんじゃないかと……」

　私はショックを受けた。勝手に設定していた「ザ・幸せな家庭」に、彼が囲まれていなかったことに。家に帰ってから思い直した。別居しているから不幸せとも限らない。ダニエルだって、一年の半分は奥さんと別々に暮らしている。破綻した結婚生活を送っている人たちと散々不倫しておきながら、こんなことで動揺するなんて失礼じゃないか。

　でもわかるよ、と櫻子は言った。もちろん私は、捨て猫が登場したときから逐一、彼女に報告していた。

「ほらだって、ほかの人とちがって、桂木さんとは喫茶店で会ったでしょ。まだ明るいうちに、普通に。だから志津の頭の中で、健全なほうに分類されちゃったんじゃない？」

　そうかもしれない。

　なら、桂木さんと夜に出会っていたら、彼は私の中で不倫相手の候補になっていただろうか。あの人もそういうことをするんだろうか？

　そんなことを考え始めたら、私まで喫茶店に行きづらくなってしまった。しばらく間を空けてから顔を出すと、「ああ、天野さん」とすぐマスターに声をかけられた。

「桂木さんから連絡きた？」

　どきりとして、「いいえ」と答える。そうかあ、と彼はため息をついた。

「ラテちゃんの具合が悪いんだって。ちょっと前にひさしぶりに来てね、ずいぶん落ち込んでるみたいだった。でもあの子、四匹の中で一番ひ弱そうだったからなあ。最初から元気なかったんだよ。別に桂木さんのせいじゃないと思うんだけどね」

その晩、私は彼に電話をかけた。

「ラテの具合が悪いって聞きました」

桂木さんは数秒沈黙してから、すみません、と囁くように言った。

「お伝えしようかどうか迷ったんですが、わざわざ暗い話を聞かせることもないかと思って……」

「ひどいんですか?」

「肥大型心筋症というそうです。たまたまわかったんですよ。いまは大丈夫なんですが、進行の速度がそれぞれだから、急に悪化する可能性もあるみたいで。私にできるのは、定期的に健康診断を受けさせることくらいでしょうか」

うちの猫も、最後は病気で死んだ。病院に連れていってから三日ももたなかった。私が高校一年生のときで、櫻子といっしょに泣いたのをよく覚えている。

ラテが死んだら、この人は泣くだろうか、とぼんやり想像した。

「桂木さんは、大丈夫なんですか」

また少し間があって、はい、と彼は答えた。短く笑うような息遣いが聞こえた。

「ただ、仕事の関係で引っ越すことになったので、もうお店には行けそうにありません。ラテにはストレスばかりで、かわいそうですね」

それから桂木さんは、「渋谷のほうに来ることがあればお知らせください。天野さんにはお世話になったので、よろしければお茶でも」と続けた。ありがとうございます、と返したものの、私はしばらく連絡できなかった。理由はわからない。ラテはどうなったの、渋谷にはよく行くくせに、と櫻子がしきりに文句を言ってきたので、二ヶ月ちかく経ってから、ようやくメッセージを送った。ちょうど四月に入ったばかりで、忙しかったらしく断られた。私はむしろほっとした。でも、桂木さんはその後律儀に埋め合わせを提案し、私たちはカフェで会った。ときどきお茶をするようになった。

ラテが死んだのはさらに数ヶ月後のことだった。桂木さんは泣かなかった。私を抱いた。

カフェに着いたのは七時四十五分だった。待ち合わせは八時頃ということになっている。私は出会った頃の名残りで、桂木さんとの待ち合わせはいつもカフェだ。ハニーミルクラテを頼む。人のいない奥のソファ席を選んで座った。甘いものを飲みたくて、カフェだ。彼は仕事の終わりの時間がまちまちで、カフェだと私が外で待たずに済むというのもある。最初はお昼や夕方にも会っていたけど、寝るようになってからは、夜に限定するようになった。それが不倫のルールなのだと説明したら、桂木さんはしばらく考え込んだ後、いくつか質問をしてきた。話すだけの日も夜でなければいけないのか、とか、何時から何時までを夜と定義するのか、とか。そんなことを訊かれたのは初めてだったので私は動揺し、質問によってはその場で回答を作り上げなくてはならなかった。

大学の先生だからこんなに細かいのだ、と思っていたけど、よくよく聞けば彼はサラリーマンで、大学の仕事は副業だった。本業はコンサルタントで、知り合いに頼まれて大学生に統計学を教えることになり、いまでは複数の大学を掛け持ちしているそうだ。

奥さんと子どもは、関西にある奥さんの実家にいる。

桂木さんは以前、アメリカの大学院に進み、そこでおなじ留学生だった奥さんと出会った。彼が現地の大学で研究職に就くのと前後して、彼女が妊娠した。桂木さんはアメリカで結婚して子育てをすればいいと思ったものの彼女は反対し、身重のまま帰国してしまった。とり急ぎ日本で籍を入れ、彼は三年ほど日本とアメリカを行き来し、どうにかこちらで就職先を見つけて本格的に帰国したときには、もう奥さんは桂木さんになんの興味も示さなくなっていたという。かといって離婚を提案しても、子どもによくない、と嫌がられた。彼は混乱しつつ、よき夫は諦めて、せめて父親としての役割は果たそうと努力した。娘との仲は良好だったものの、中学受験を機に奥さんはまたしても勝手に子どもを連れて実家に帰ってしまった。桂木さんは東京でひとり暮らしを始め、いまでは娘さんとしか連絡を取っていない。もう高校生になるそうだ。

まだラテが生きていた頃、猫といっしょに映った娘さんの写真を見せてもらったことがある。すらっと背が高くて、くしゃくしゃの笑顔で子猫を抱えていた。

子どものいる人とは不倫をしないと決めていたのに。

どうして櫻子は、桂木さんとの別れだけを必死に止めようとするのだろう。これこそ許せないケースなのではないのか。娘のいる人が不倫、という共通項があるんだから。でも櫻子はずっと、桂木さんのことを好いていた。私から聞く話として彼が一番のお気に入りだった。次が是枝さんで、ダニエルのことは苦手にしていた。押しが強そう、というのが理由だった。櫻子はどうして……。

「志津」

桂木さんの声がして、私はぱっと顔をあげる。

「お腹空いてる?」

立ったまま彼は軽く眉をあげた。すぐ食事に行くか、自分も飲み物を頼んだほうがいいかを訊いているのだ。私は首を横に振った。彼は向かいに腰をおろし、水を運んできたウェイターにカプチーノを頼む。

「どうかしたの?」

ウェイターが立ち去ると、彼は言った。私は頷く。桂木さんがちいさく笑う。

「来るまで待とうか」

「もう会えないんです。今日でお別れです」

私は言った。本当はもっと落ち着いた感じで切り出す予定だったのに、口が先走ったのだ。彼はゆっくりとまばたきをして、背もたれに寄りかかった。それからホールに視線を向ける。カプチーノを待つことにしたらしい。

私は待ちたくなかった。立ち去りたかった。もう伝えるべきことは伝えたのだから、帰ってはだめだろうか。だめじゃない。もう別れるんだから、どうしたってかまわない。

そう思うのに、身体が動かなかった。

ウェイターが戻ってきて、テーブルにカプチーノが置かれる。桂木さんが手を伸ばしながら口を開く。

「だれかと——」

「どうしてみんなそう言うの?」私は遮った。「私がだれかと結婚するって、こんなことしながらだれか独身の人と真剣に付き合って、いまさらプロポーズされる可能性があるって、本当にそう思うの?」

唐突に爆発した私に驚いてから、彼は笑い出した。

「君、もしかして、全員と別れて回ってるのか。律儀な人だな」

黙り込んだ私に、「ちがうと思うよ」と彼は続けた。

「なにが?」

「単に、そのほうが諦めがつくってだけじゃないか」

「諦め?」

「君が結婚できる人のところに行くなら、引き留めようがない」

桂木さんは、一度離したカップを持ち上げ、カプチーノを飲んだ。「僕で何人目?」穏やかな口調で問われる。

「三人目」

「残りは?」

「これで終わり。もっとたくさんいると思った?」

「志津。捨てられるのは僕だよ。どうして君が怒るんだ」

わからなかった。「怒ってなんかない」と言い返したものの、その言葉は自分にとってすら説得力に欠けていた。私はなぜか苛ついていて、追いつめられているように感じている。桂木さんは愉快がっているように見えた。私はそれに怒っているんだろうか。勝手な話だ。

「それで?」桂木さんがカップを置いた。

「え?」

「理由があるなら、教えてくれるの」

「……改心しようと思っただけ」

それじゃあまるで、と彼は微笑んだ。僕らがずっと、悪いことをしていたみたいだ。

ずっと。

ずっと、そうだった?

だれのことも傷つけたくはなかった。

——志津も傷つかないでね。

——そんな不倫あるの？

「悪いことでしょう」

声が震えた。俯いた私に、桂木さんが苦笑しながらハンカチを差し出す。

「どうして君が泣くんだ」

彼のポケットに入っていたハンカチは温かい。私はそれを目頭に強く押し当てて涙を引っ込める。泣くつもりなんてなかったのに。私が泣くのはお門違いだ。

「友達が……」

「うん？」

「大切な友達の、旦那さんが、浮気したの。子どもがいるのに。まだほんのちいさな赤ちゃんなのに……」

信じられないと思った。なんてひどいことをするんだろう。櫻子を傷つけるなんて許さない。絶対に許さない。私が櫻子を傷つけることも、私は絶対に許さない。

櫻子の結婚式で、あの神聖な光の中で、私はたしかに、彼女の永遠の幸福を祈ったのだ。

「あの子だ」桂木さんは囁いた。「君の猫が死んだ日に、いっしょに泣いてくれた子。ちがう？花の名前が入った……、さくら、だったかな」

私は何度も頷いて、目を閉じる。覚えている。「志津がさみしくなるのがすごく悲しい」と言って、櫻子は私よりも激しく泣いた。私が泣くことができたのは櫻子がいたからだった。そんなふうに救われたことが、いままで無数にあったのだ。

「こうしないと、私、あの子の隣に行けない」

「じゃあ、僕と別れたら晴れて彼女に会いにいけるようになるわけだ」

「明日」

君らしい、と彼は言った。

私は息を吐いて、目の前にある、冷めた甘ったるい液体を飲み込んだ。桂木さんもカプチーノを一口飲み、お互いカップを置いて立ち上がった。伝票を摑(つか)んだのは私が先だったのに、桂木さんが横からそっと奪った。

会計を待つ間、私はハンカチを握ったままだった。あげるよ、とこの人は言うだろう。泣かなければよかった。かたちに残るものは欲しくなかったのに。大事なものはなにも残さず、なにも失わず、このいくつもの夜から抜け出そうと思っていたのに。

「夏休みに、娘が東京に来たんだ」

カフェを出ると桂木さんは言った。

「オープンキャンパスを回りたいって、ひとりで。母親は……、妻はもちろん、関西の大学に行かせたいようなんだけど、娘はひとり暮らしがしたくて、だから絶対に東京がいいって。この話、君にはしてなかったね」

駅に向かって歩き出しながら、彼は私に確かめた。私は戸惑いつつも頷いた。私がほかの男の人の話をしないのといっしょで、桂木さんは家族の話をしない。不倫関係になってから、それは暗黙のルールというか、マナーみたいなものだと思っていた。でも、もう別れるのだから関係ないということだろうか。

最後だから。

私は夜空を見上げて、隣にいる桂木さんに視線を戻す。彼は半ば独り言のような口調で続ける。

「自分が東京の大学を志望したら味方になってくれるかって言うから、もちろん、と約束した」

「……娘さんがこっちに来たら、嬉しいでしょう」

私は応じた。ラテという名前は娘がつけたのだと微笑んだ彼のことを、流れ星のように遠くに感じながら。

「私が家を出たら、ママとはさっさと別れなよ、とも言われた」

私は思わず足を止めた。

「なんでもっと早くしなかったの？　って、大人みたいな口調でね。まったく救いようがない、とでも言いたげだった。可笑しかったよ」

「どうして……、そんな話を、いまするの」

数歩先に行った彼が振り返る。彼の背後にはちょうど丸い月が出ていて、私は自分がこの光景を忘れられなくなるような予感に怯えて、動けなくなった。こんなはずではなかったのに。二人の未来なんて最初からなかったのに。なにも考えなくてよくて、重たい感情とも無縁で、それが不倫の都合のいいところだったのに。

「離婚したら、君に振られるかと思っていた」桂木さんは静かに言った。「でも、その心配はもうない。来年の春、綺麗に独り身になったら――。そうだな、もう一度猫でも飼おうかな」

彼が近づいてきて、私の目の前に立つ。また泣き出すのは嫌だった。だから唇を噛んでいた。

彼はハンカチを握りしめたままの私の手を取って、両手で包んだ。

「これは君にあげるよ」

私はちいさく頷く。声を出したら、言ってはいけないことを言ってしまいそうだった。早く、早く、早くしないと……。

夜から抜け出せなくなる。

「志津、いままでありがとう」

桂木さんの声が、目をつぶった私の耳の奥に、落ちていった。


翌日は朝一番でデパ地下に行き、櫻子の好物を持てるだけ買い込んだ。

両手に紙袋や保冷バッグをぶらさげ、通い慣れたマンションのエントランスでインターフォンを押すと、「ばか志津」というつぶやきとともにロックが解除される。私はエレベーターに乗り込んで、両手は塞がっているから肘でボタンを押した。櫻子の部屋の前に着いたら、チャイムを押す前に中からドアが開けられた。

櫻子が立っている。

「なにしにきたの」

「会いにきたの」

彼女は私の腕から紙袋をいくつか引き取って、廊下に置いた。私は靴を脱いであがり込む。

「ほんとにみんなと別れてきちゃったの?」

「うん」

「桂木さんとも?」

「うん」

「好きだったくせに」

「櫻子のほうが大事だもん」

ばか、と櫻子はもう一度つぶやいた。その横顔に呆れたような笑みが浮かんだ、と思ったら、背伸びして急に抱きついてきた。私はきつく抱きしめ返す。彼女の身体が細かく震え、私の耳元で、短く嗚咽を漏らした。私はつられて泣きそうになる。私たちはぱっと離れる。

どちらも泣きそうな顔をして笑っている。

「櫻子、ちゃんとお腹空いてる?」

「すごく」

「たくさん買ってきたから、今日は夜まで女子会しよう」

「泊まっていってもいいのよ」リビングに向かいながら、彼女はさらりと言った。「陽太ね、一度は帰ってきたんだけど、離婚届渡したら泣きながらまた出ていっちゃった。だからしばらく放っておくの」

「会社行く服一式貸してくれるならいいよ。パンツとか」

「一番いいの貸してあげる」

ふふふ、と櫻子がこちらを振り返って笑う。陽太さんは馬鹿だなあ、と思った。この子が傍にいてくれる幸運を、欠片もわかっていなかったのだ。どれだけ芯が強くて、一度決めたら真っすぐで、怒らせるとどれだけ怖いかも。私はぜんぶ知っている。ずっといっしょにいたから。

「わあ、ローストビーフがあるの、最高」

紙袋を開けた櫻子が歓声をあげる。絵本で遊んでいたモモちゃんが、こちらの姿に気づいて、にっこりとした。ベランダに続く窓は大きくて、レースカーテンを透けて射してくる光が部屋を包んでいる。空っぽになった自分を不意に露わにされたような気になって、私はちいさく息を呑んだ。けっきょく自分は、なんでも紛れて誤魔化せるから夜を好んでいたのかもしれないと思うと、昨日置いてきたばかりの世界がもう恋しくなって、少しだけ胸が痛かった。
志津、と櫻子に呼ばれて、私は振り返る。

家族の事情

自分には男を見る目がないと、姉が認めたのは日曜日の夜のことだった。寝室から出てきた彼女はTシャツに短パン姿で、相変わらず痩せていて、疲れ切って見えた。

「そうだろうね」

ソファに座っていた僕は、読んでいた本を置いて同意した。彼女は金曜日、付き合っていた男に別れを切り出し、怒った相手に避妊具なしの性行為を強要された後、怖くなってアフターピルを服用したせいで、週末はずっと体調を崩して伏せっていたのだ。この状況で「そんなことはない」と否定しても、説得力に欠ける。

そもそも、似たようなことはこれまでも散々あった。暴力を振るわれたとか、おかしなプレイを要求されたとか、相手に婚約者がいると判明したとか、大金を貸せと言われたとか。僕はそのたび、腫れた頬を冷やしてやったり、要求を代わりに断ったり、家に乗り込もうとしてきた相手を追い払ったり、できる限り対処してきた。高校生時代まで遡れば、知らずに同級生の彼氏を寝取って仲間はずれにされるだの、教師と関係を持って近所中に噂されるだのなんて事件もあった。いったいどこでそこまで破滅的な男ばかりを見つけてくるのか、姉はその手の不幸を引きつけるマグネットみたいな存在なのだ。

「亜門くんって、杏子ちゃんとはぜんぜんちがうね、双子なのに」

子どもの頃からよくそう言われた。僕の人生が安定しているのは、ある意味で姉のおかげかもしれない。すぐ隣に、危うい橋を渡っては川に落っこちることを繰り返す片割れがいて、それを引き揚げるのが自分の役目だとしたら、だれだって慎重に生きざるをえないはずだ。

「疲れちゃった」

姉が近づいてきて、カーペットに座った。吐きすぎて喉（のど）を痛めたのか、彼女の声は少し掠（かす）れている。僕は時計を見た。六時をすぎたところだ。

「吐き気は治まったの？」

「うん。身体の中、空っぽ」

「なにか食べる？」

姉は手を伸ばし、僕の置いた本を持ち上げてブックカバーを外した。中身は学者の書いたエッセイだ。姉はこの手の本を読まない。彼女が好むのは恋愛の絡むファンタジーだ。

「亜門に任せていい？」

「うどんならすぐできるけど」

「そうじゃなくて」姉が本から顔をあげる。「私が結婚する相手。亜門が選んで」

ちょうど立ち上がったところだったので、僕は姉を見下ろした。

二卵性双生児なので僕らは似ていない。でも、たとえばこんなふうに彼女がぼろぼろになっているときなんかは、鏡を見ているような気持ちになることがある。おなじ胎内（たいない）で同時に育ち、どこかでなにかの条件が違っていれば、自分は相手になっていたかもしれない、という虚像だ。

「……僕がごはんを作っておくから、シャワー浴びてきたら」

彼女はこくりと頷（うなず）くと、ふらっとバスルームのほうに消えた。

うどんには卵を落として、冷凍の小ネギを添えた。シャワーから出てきた姉は、首にタオルをかけて、半乾きの髪で食卓についた。この家にテレビはなく、僕らには、ラジオや音楽を流しっぱなしにする習慣もない。喋るのは主に姉だが、いまは気分ではないらしく、だから部屋はしんとしていた。麺をうまくすすれない彼女の、ちゅ、ちゅ、とうどんを口に入れる音だけがする。

「ゼリーまだある？」

食べ終えると姉は訊いた。

「あるよ。ヨーグルトもアイスも」

「アイスって、さっぱりしたやつ？」

「フルーツ味のアイスキャンディー」

姉が嬉しそうな顔になる。僕は席を立ち、パイナップルのフレーバーを選んで渡した。キッチンで緑茶を淹れてから食卓に戻ると、姉はすでにアイスを食べ終え、イスの上で膝を抱えていた。

「亜門が選んで」

アイスキャンディーの棒を噛みながら彼女は言う。お行儀悪いわよ、と母親なら窘めただろうし、父親なら無言で足を引っ叩いただろう。でも、どちらもここにはいない。東京に出てきてからずっと、僕らはふたりで暮らしてきた。

「いきなりどうしたの」

「私、このままだと幸せになれないと思わない？」

幸せになる気があったのか、というのが僕の感想だった。口には出さなかったのに伝わってしまったらしい。姉が唇を尖らせる。

「もちろん。ただやり方がわかんなかったの、いまもわかんないけど。ねえ、高校卒業するときは、十年後にはもっとちゃんとしてるって信じてなかった？　家出て、東京で暮らして、就職してお金稼いで」

「ぜんぶ叶ってるじゃない」

姉はじっとこちらを見た。でも、現状はちゃんとしていない、と言いたいようだった。僕はお茶を一口飲む。

「結婚相手って言った？」

「そう、今日ずっと考えてたの、結婚しようって。付き合うとか別れるとか、もう疲れちゃった。社会人になったらなんか変わるかなと思ってたけど変わんないし、ひどくなってる気すらするし。だからきちんと契約をするの。二十七歳って婚活市場じゃまだ若いほうでしょう？　物件として価値が下がる前に売りに出す」

向かいでアイスの棒を振り回す姉を見て、物件、と僕は思った。はたして世の男性たちは、結婚相手にどんな条件を求めるものだろう。年齢や外見なら、たしかに彼女はクリアできるかもしれない。家事能力は、最低限程度だ。アイロンがけだけ異様に上手い。それはポイントになるだろうか？　家計のやりくりはできない。クレジットカードを作って半年後にはリボ払いの負債を把握できなくなり、小遣い制になった。管理しているのは僕だ。性格は？

「亜門！」

姉が抗議の声をあげる。僕の沈黙が長すぎたせいだ。

「結婚相談所とかに行ってみるのじゃだめなの？」

「嫌よ。怖いおばさんが出てくるんでしょう？」

「偏見だと思うよ」

とはいえ、僕だってそれがどんな機関なのかは想像もつかない。

「マッチングアプリは?」

「だめだったじゃない、いままでぜんぶ。亜門がやるならいいけど」

「僕がやる?」

「私の名前でやるの。私の写真撮って、好きなタイプとか付き合う人の条件とか、勝手に決めて書いていいから。メールのやり取りもして、デートの約束までしてくれたら引き継ぐ」

想像してみたものの、あまり楽しそうには思えなかった。「ねえ、だって、亜門」姉は続ける。

「亜門の家族になる人だよ」

「……家族」

「私の旦那さんって、亜門の義理のお兄さんになるんでしょう? 私が選んだら、亜門に迷惑がかかると思う。結婚してから借金だらけなことに気づくとか、おかしな宗教に引き込まれるとか。そうなったら困るはずよ」

もっともな指摘だった。僕は歴代の姉の男たちから嫌われてきた。いままでは姉の彼氏という立場の他人だったからどうでもよかったが、姉と法的に結ばれた人物と対立するのは、たしかに相当面倒だろう。いままでの傾向からして、相手は経済的だったり精神的だったりの問題を抱えている可能性が極めて高いのだ。

「そうでしょう?」姉がまたしても、僕の思考回路を見透かしてたたみかける。「今回はセーフだけど、私に子どもができたら、亜門の甥っ子か姪っ子になるのよ。それってすごいことだと思わない? それで私、結婚だけはちゃんとした人としようって決めたの。でも、私がやると、難アリの人しか見つけられないんだもん。だから亜門に任せるの。私の旦那さんじゃなくて、亜門が家族にしてもいいなって思う人を探してくれればいいの。私は亜門のお義兄さんと結婚するってこと。名案じゃない？　あなたが選ぶ人なら、私、だれでもいい」

姉は本気だった。この人は、いつだって本気なのだ。

僕は目を閉じて、〝理想の義理の兄〟を思い浮かべようと試みる。できなかった。これまでの姉の男の趣味が悪すぎたせいだ。彼女は一生独身で、しょっちゅうだれかに翻弄されては悲劇的な破局を繰り返す、そういう未来しか思い描いたことがなかった。

「私たち、親に関してはハズレを引いたから」

囁くように姉が言う。僕は目を開けた。彼女はじっとこっちを見ている。

「次の家族は、優しい人を選ぼうよ。ねえ亜門」

僕らは夜のうちに、僕のスマホで、姉を新たなマッチングアプリに登録した。僕はこの手のアプリを使ったことがないのでどういう仕組みか知らなかったが、プロフィールを入力するのは面白かった。ただし最初のうちだけだ。チェックしなければならない項目があまりにも多く、途中で投げ出しそうになった。

「煙草の項目、どうする？」

「亜門の好きにしていいわ」

「たぶん、『吸わない』に設定したほうが候補の数は増えるんだろうね」

「そうしたら、その人のいるところでは吸わなければいいんでしょう？」

「結婚したら、一生だよ。いい加減、禁煙したら？」

「亜門のお義兄さんがやめてって言ったら、やめます」

言わせよう、と僕は思った。僕に本当に〝理想の義理の兄〟ができたなら。

問題は、このアプリに登録する以上、男性陣もおなじようにプロフィールを入力している点だった。いちいちすべての項目を確認して相手を選ぶのは、かなり面倒な作業だ。

「もし本当に結婚したら一緒に暮らすのは姉さんなんだから、少しくらい条件があるでしょう？　いままでどうしてたの？」

「『いいね』をくれた人の中から直感でお返事して、メッセージがきたら少し話して、会話が成立したら食事に行くの。プロフィールなんて、そんなに細かく見なかった。会ったほうがいろいろわかるかと思って」

「会話が成立しないこともあるの？」

「あるのよ。自分の話しかしないモンスターみたいな人もけっこういるの。気をつけてね」

けっきょく、僕が姉から聞き出せた条件は、「苗字が普通なこと」のみだった。僕らの姓は駒鳥といい、駒鳥杏子と駒鳥亜門という名前の双子というだけで、地元にいた頃は目立って仕方なかったからだ。姉は結婚するのであればもっと一般的な苗字になりたいのだろう。だが、フルネームでアカウント登録している人なんてほとんどおらず、会う前から苗字を訊くのは不自然であろうことを考えると、姉のリクエストは、相手選びにあたりなんの役にも立ちそうになかった。外見も年齢も職業も性格も、すべて僕の判断に委ねられるわけだ。

年齢確認の写真を送ったところでその夜は解散し、それぞれの寝室に引っ込んだ。

翌朝、出勤途中の電車でアプリを確認したら、姉のアカウントにはすでに三桁の「いいね」がついていた。そういうものだとは聞いていたけど、その数字だけで疲れた気分になった。この中から候補を選び出し、この「いいね」なるものを返して、姉になりきってメッセージを交換した後、食事の約束にまで持ち込まなければならないのだ。

とうとう覚悟を決めて各自のプロフィール欄を開いてみたのは昼休みのことだった。コンビニで買ってきたサンドウィッチを食べながら、デスクでアプリを立ち上げて、二十人分ほどに目を通す。精神的にかなり消耗する、というのが率直な感想だ。同性による異性へのアピールを延々と読むのも、その良し悪しを判断しなければならないのも、辛い。おなじように昼休みにアプリを開いている人が多いんだろう、読んでいる間にさらに「いいね」が増えていくのもやる気が萎える原因だった。時間をかけるほど、あと何件チェックすれば終わる、というゴールが遠ざかっていくのだ。ひとまず募集を締め切ることのできる機能が必要なのではないか。

「おう、駒鳥、お前なんか疲れてんな。無理すんなよ」

声をかけられて、僕はぱっとスマホから顔をあげた。立っていたのは藤本さんだった。一昨年に部署が分かれたが、入社直後に仕事を教えてくれた先輩で、いまでは部長になっている。

「お疲れさまです」

「ウォーターサーバーの横に、だれかの出張土産が置いてあるぞ」

彼は片手にマドレーヌを掲げてにやりとし、「俺も出張行きてぇな、遠いところ」と言いながら去っていった。僕はその背中を目で追う。藤本さんは別の人にもお土産の存在を知らせ、満足げに自分の席に戻った。デスクにはコンビニのコーヒーが置いてある。甘いものが好きなのに、奥さんから間食禁止を言い渡されているため、家では食べられない。僕らがまだおなじ部署で働いていた頃、そう嘆いていたのを覚えている。おかげで体重は二十代の頃からずっと変わらない、という藤本さんは、たしかに痩せている。背が高くて眼鏡をかけている。怒ることがないので、親しみやすいと評価する人もいれば、部下に舐められている、という人もいる。

僕は姉にメッセージを送った。

「マッチングアプリで見つけるんじゃなくて、僕の知ってる人でもいいの?」

彼女も昼休みだったんだろう。返事はすぐにきた。

「もちろん! でもそんな人いる?」

僕は立ち上がり、藤本さんのデスクに向かった。ちょうど菓子を食べ終えた彼が気づいて、軽く眉をあげる。

「駒鳥。どうした」

「お昼休みにすみません」

「いいよ。なに、なんかメールもらってたっけ?」

「仕事には関係のないことです」

彼はなぜか姿勢を正して、上目遣いでこちらを見た。

「お前が? 仕事とは関係のない話?」

「今夜お時間あれば、どこかに食事に行きませんか」

藤本さんは固まった。僕にこの手の社交性が欠けていることを、この人は充分に知っている。

当日に誘うのは失礼だったかもしれないと思い当たり、「お忙しいなら、日を改めます」と付け足してみた。いや、と藤本さんが口を開く。

「全然忙しくは、ないんだが——、悪い、めずらしすぎてびっくりしただけだ」彼は困惑気味に微笑んだ。「用件を先に教えてくれないか。なんかヤバいもの売りつけられるとかないよな」

それは見方によるだろう、と僕は思ったが、口にしないだけの良識は働いた。

「相談したいことがあるんです」

七時前にオフィスを出て、僕らは会社近くのファミレスに行った。

僕がアルコール類を飲まないことを藤本さんは覚えていた。彼自身は人並みに嗜むものの、「居酒屋に行ったら飲みたくなる、飲んだら無責任になる、相談には向いていない」と言うので、呑み屋は避けたのだった。四人がけのテーブル席に通された後、彼は「一杯だけ」とビールを頼んだのだが。

先に食事を済ませた。選んだのは、藤本さんがハンバーグ、僕はドリアのセットだ。

ここにいるのが姉だとしたら、彼女が拒否反応を示すような言動はあるだろうかと考えながら、僕は藤本さんを観察した。なにも見つからなかった。とはいえ、姉の許容範囲は恐ろしく広いのであまり参考にはならない。彼女がいたら、ハンバーグの付け合わせのベビーコーンを欲しがるだろう、とは思った。彼はくれるだろうか。くれる気がする。

「夜のファミレスって、ひとりで来るとけっこう寂しいけど、会社の人と来ると新鮮でいいな。若者みたいな気分になって」

食後、ドリンクバーからほうじ茶を運んできた藤本さんは楽しそうに言った。僕はコーヒーに砂糖を入れる。時間帯か立地のせいか、ファミレスといえど店内に家族連れは見当たらない。僕らのようにスーツ姿の男性陣もいれば、女性の四人組も、パソコンで作業をしている大学生らしき集団もいる。ここにひとりで来たところで、僕は寂しいとは思わないだろう。

「入社したての頃、藤本さんが、僕を無理やり取引先との飲み会に連れていったことがありましたよね」

彼はすぐに笑顔を引っ込めた。

「あれは悪かったたって。俺もあそこまでひどいとは知らなかったんだよ……」

当時僕は、十歳ほど歳上の、女性の担当者に気に入られていたらしい。駒鳥を連れてこい、と指名が入っていたのだ。僕は彼女の隣に座らされ、ひととおりのセクハラを受けた。ただ、僕はノンアルコールしか口にせず、終始無表情で聞き流していたので、相手は面白くなかったのだろう。だんだん機嫌を悪くし、途中からは公開説教に切り替わった。僕をその場に連れていったのは藤本さんだが、それを止めてくれたのも彼だった。ほかの人たちが「駒鳥もノリが悪すぎた」的な反応をする中、僕に謝り、「こんなことは二度と起こらないようにする」と約束してくれたのだ。

「そうではなくて、あの一件で、僕は藤本さんに感謝しています。ですから、今日のことはあくまで相談――、というか、お願いです。無理だったら断ってください」

「お前って、恐ろしい話の振り方するのな」

「藤本さんって、いま、独り身ですか」

彼は数秒黙り込んだ。かすかに眉を寄せ、「さすがに俺が離婚したばっかりだってことは知ってるよな？」と確かめてくる。

「噂には。ただ、その後どなたかと交際している可能性もあるかと思って」

「あのなあ。まだ三ヶ月も経ってないんだぞ」

「僕の姉と食事に行っていただけませんか」

今度の沈黙はさっきよりも長かった。僕はコーヒーを飲んで待つ。

「……駒鳥って、お姉さんがいんの？」

「はい」

「それで、俺を紹介しようと？」

「そうです」

「なんで？」

理解できない、という顔だった。それもそうだろう。藤本さんと部署が分かれてから二年以上になる。フロアは一緒だし、ミーティングがかぶったりメールのやり取りをしたりすることもあるけれど、すべて仕事の話だ。僕は基本的にあらゆる飲み会に行かないので、勤務時間外の交流も生じない。プライベートの話もだれともしない。

でも、僕がそういう態度で許されているのはおそらく、入ったばかりの頃に藤本さんが、「いいんだよ、駒鳥はそういう感じで、仕事はちゃんとやるんだし」と受け入れる空気を作ってくれたからだと思う。

――次の家族は、優しい人を選ぼうよ。ねえ亜門。

「姉は昔から、男運がありません。つい最近も、ひどい別れ方をしたばかりです」

三ヶ月前どころか、三日前の話だ。藤本さんがティーバッグをカップから取り出しつつ、「つまり、ひどい別れ方をした者同士を引き合わせようって話か？」と低い声を出す。

「ちがいます。ひどい別れ方だったんですか？」

「え？」

「藤本さんは」

彼は顔をあげて、軽く目を見開いた。

「知らないのか。――お前、ゴシップに興味なさそうだもんな」

「ありません」

こちらの返答に、彼は一瞬だけ笑った。

「じゃあいいや。続けてくれ」

「要は、姉は自分で相手を探すことを諦めたんです。そこで、僕に見つけてこいと」

「それで俺？　お前、あんまり手近で済ましすぎじゃないか。バツイチになりたてのアラフォーなんて、普通は事故物件扱いだぞ」

藤本さんが苦笑してお茶を飲む。どうして結婚相手は、よく不動産に喩えられるんだろうか。一生に関わる事柄だから？　生活を共にするから？　姉は優良物件といえるのか、いまいち自信がない。

僕はスマホでマッチングアプリを立ち上げる。また「いいね」が増えている。画面を見せると、藤本さんはまばたきをした。

「なんだこれ。出会い系なんとかってやつ？」

「マッチングアプリです」

「お前もこんなのやるんだな」

「姉のアカウントです」

「これがお姉さんなのか？　普通にえらい――」

彼は僕の顔を見ると一度口を閉じて、「いや、綺麗な方だなって」と言い直した。どんな台詞を呑み込んだのかは不明だが、褒める方向だったような感触はあった。

「駒鳥にもちょっと似てるな」

「それはあまり言われません」

「しかも若いだろ、俺よりもだいぶ」

「二十七歳です」

「二十七？　あれ、お前って……」

「おなじ年齢です。双子なので」

「双子！　駒鳥、お前、双子だったのか？」

藤本さんの声が大きくなる。「姉がいます」だと「そうなんだ」で終わるのに、双子と言った途端、急に興味を示されるのが昔から不思議だった。この後の展開としてよくあるのは、双子に関して日頃から疑問に思っていたことを訊いてくる、というものだが、幸いなことに藤本さんは本題に戻ってくれた。

「っていうか、なんでお姉さんのアカウントがお前のスマホに入ってるんだ」

「僕が作ったアカウントだからです。藤本さんがだめなら、僕はこれで相手を探し、デートの約束まで進めなくちゃいけないんです。姉になりきって」

「お姉さんにそう頼まれたのか？」

はい、と僕が頷くと、彼は、すごい信頼度だな、とつぶやいた。その視線がスマホに戻る。数秒の間があった。

「最初に伝えたとおり」僕は言う。「無理そうでしたら、断ってください。ご存じだと思いますが、それで僕の態度が変わるなんてことはありません」

「無理っていうか……、お前、お姉さんにきちんと言ってあるのか？　俺が十一も歳上で、バツイチのおっさんだって」

「まだ伝えていませんが、離婚歴の有無(うむ)は気にしないと、このアプリに登録したときに確認しています。ペットがいても子どもがいてもいいそうです」

いい子だといいねえ、と姉は呑気に言っていた。「だって亜門の甥っ子か姪っ子になるんだから」と。僕はもちろん、「姉さんの息子か娘にもなるんだよ」と指摘しなければならなかった。彼女はにこにこして、「大丈夫よ、私はどんな子でも可愛がるから」と根拠なく請け合っていた。

「いや、うちは子どもは、まだだった。そもそも――」

そこまで口にして、藤本さんが言葉に詰まる。僕は彼の表情から、自分がなにか無神経な発言をしたと察した。亜門、お前はそういうところ、お父さんにそっくりね。母親に昔よく言われた。お前は人の気持ちがわからないからそういうことをするのよ。

藤本さんと目が合う。彼は微笑んだ。悲しそうだ、と思ったが、正解かどうかはわからない。

「駒鳥、悪い、やっぱり無理かもしれない。俺、いまそんな歳下の女の子と会ったって、なにを話せばいいかわかんねぇよ。デートなんて、最後にしたのがいつか思い出せないくらいなんだから。お姉さんに申し訳ない」

だれでもいい。

そう姉は言っていた。デートにだってたいした希望はないにちがいない。いつだったか、ラーメン屋とラブホテルにしか連れていってくれない男と付き合っていた。当時彼女が挙げたゆいいつの不満は、ラーメンが先だと口が臭くなるから、ホテルを先にしてほしい、という点だった。

昨日の今頃は、僕の肩にもたれかかって、僕が入力していく自分のプロフィールを、興味深そうに眺めていた。なにを訊いても、亜門の好きにしていいわ、としか返ってこなかった。

お姉さんに申し訳ない――。

僕はスマホをポケットにしまう。この場合、誠実なのは藤本さんのほうだ。

「わかりました。変なお願いをしてすみません。忘れてください」

店を出たのは八時すぎだった。

こちらの用件で呼び立てたのだから、と僕が食事代を支払おうとしたが、「馬鹿言うな、ファミレスだぞ」と藤本さんに伝票を取られた。僕は一足先に外に出る。夜空をやけに暗く感じて、店内が明るかったせいだ、と思った。姉以外と食事をしたのはいつぶりだろう。少し食べすぎた気がする。

「ごちそうさまでした」

会計を終えてきた藤本さんに僕は言った。ああ、と彼は返事をする。

「お前も電車だろ?」

「いえ、歩きます」

「どこまで?」

「家です」

ほかにどこがあるだろう、と頭の隅で考えながら答えた。マンションまでは四駅あるが、徒歩でも一時間弱で着く。飲み会帰りの人たちがいるからこの時間帯の電車は好きではないし、夜歩くのは嫌いではない。

藤本さんは途方に暮れたような顔になった。なぜだろう。「近いので」僕は一応、説明を付け足してみる。

「今日は突然、失礼しました。お疲れさまです」

頭をさげて踵(きびす)を返そうとした途端、すぐ傍(そば)で奇妙な呻(うめ)き声がした。僕は足を止める。

「なんで駒鳥がそこまで落ち込むんだよ」

藤本さんはそう言って、片手で自分の髪をぐしゃぐしゃにした。僕は咄嗟(とっさ)になにも返せなかった。落ち込む？

「落ち込んでは——、いません」

「じゃあなんなんだよその顔は」

僕は思わずファミレスのほうに目を向けた。窓には、でも、僕らの姿は見えない。僕らの立っている歩道のほうがずっと暗いからだ。いつもとちがうとも思えなかった。僕は感情の起伏があまり表に出ないのだ。実の母親にすらそれで疎(うと)まれたくらいなんだから。

「なにかちがいますか？」

「ちがうだろ」彼はため息をついた。「顔っていうか……、ちがうんだよ、なんか、さっきから。なんで俺に頼もうと思った？　ほかにいるだろ、城島とか熊野とか、もっと若くてハンサムで独り身で、器用で仕事もできて、将来有望なのがいくらでも。絡んだことがないっていうなら、明日にでもみんなで飲みにいくか？　あいつらにさっきの写真見せてみろ、競ってデートプラン立てはじめるぞ」

「いえ、あの人たちは、だめです」

「なんで？」

僕は彼らのことを思い浮かべる。熊野さんとは、去年おなじチームで働いた。城島さんは法務部の人だから、契約書関連のやり取りならたまにしている。別に嫌な人たちではない。普通の、会社にいる大勢のうちの一人だ。

なんで俺に頼もうと思った？

藤本さんと目が合う。乱れた髪と、困惑したような彼の顔。

「僕は……、姉に一度くらい、優しい人に会ってみてほしいんだと思います。でも、落ち込んでいるわけではありません。これからマッチングアプリでの相手探しが始まることに、少し疲れているのはあるかもしれませんが」

藤本さんは、馬鹿だなあ、とつぶやいてちいさく笑った。

「女の人は、優しい男なんて求めてないぞ」

「そんなことは――」

「でも、それでもいいなら、駒鳥が本当に俺に食事に行ってほしいなら、お姉さんがそれで満足するなら、いいよ俺は。一度だけな。そしたらきっと、お姉さんもお前に相手選びなんて頼まなくなるから。それでいいだろ」

ほら、優しい、と僕は思った。それは少し悲しいことのような気もした。藤本さんの笑い方が、会社にいるときとはちがって、どこか陰のあるものだったからかもしれない。夜だからそう見えるだけだろうか。

「ありがとうございます。いつがいいですか？」

「いつでもいいさ。ああ、明後日は飲み会か、それ以外で。金曜日がいいんじゃないか」

「わかりました。姉に確認して、また連絡します」

「会社のメールでやるなよ。お前、俺の連絡先知ってるっけ？　プライベートの」

知っていた。入社直後に教えてもらった。一度も使ったことがないだけだ。「ああ、まったく」

藤本さんが呆れたように空を仰ぐ。

「お前、面倒な仕事回されたって他人のミス押しつけられたって弱音も文句も吐かないくせに、普段上司に相談なんて絶対しないのに、五年目にしてすごい爆弾持ってくるよなあ」

藤本さんとは店の前で別れて、僕は歩いて帰った。四十五分しかかからなかったということは、いつもより歩くペースが速かったんだろう。大通り沿いの、景色のつまらない最短ルートを選び、歩きながらずっと考え事をしていた気がするが、マンションの前に到着した頃には、なにを考えていたのかよくわからなくなっていた。

求めていたとおりの展開のはずだ。姉は喜ぶし、僕だって、知らない人の中から選ぶよりも安心できる。それなのに自分はなぜ――。その先が続かない。なぜ、なんなのか。なにが引っかかっているのか、うまく言語化できない。藤本さんが前言を翻(ひるがえ)して姉と食事に行くことを承諾してくれたとき、罪悪感のようなものを覚えた、気がする。

「ただいま」

玄関に入った瞬間、甘い香りがした。夕食にホットケーキを焼いたらしい。姉は料理が下手なわけではないが、いまいち食への関心が薄いというか、献立(こんだて)が突飛なことがままあるのだ。

「おかえり、亜門」

流しの前に立っていた姉が明るい声を出す。機嫌がよさそうだった。派手な花柄のエプロンを着けていて、彼女がこれをしているのを見るたび、僕はままごとをする子どもを連想する。

「お兄さん候補は見つかった？」

「その言い方やめてくれる？」

姉は悪戯(いたずら)っぽく笑う。

「ひさしぶりにね、ホットケーキが食べたくなってね。残りは冷凍しようと思ってたんだけど、食べる？」

「いらない」

「お茶は？」

「もらう」

姉が淹れたのはハーブティーだった。僕らは向かい合って食卓につく。

「会社の人に訊いたら、食事に行ってくれるって。金曜日、空いてる？」

「空いてる！　すごい、こんなに早く決まるなんて思ってなかった」

「ただの食事だよ」僕はなるべく冷静に言った。

「なんて名前？　どんな人？」

「藤本さん」

「藤本さん？　藤本さんって、あの藤本さん？」

「どの藤本さん？」

「ほら、会社入ってすぐ、亜門を変なおばさんのセクハラから守ってくれた人」

「よく覚えてるね」

僕は姉にその話をしたことすら忘れていた。「当たり前でしょ」彼女は胸を張る。

「亜門の話って、ほとんど人の名前が出てこないんだもん。先輩とか同僚とか、新人の子とか、そういうのばっかり。だから、たまに固有名詞が出てくると嬉しくなるの。藤本さんかあ。結婚してるんじゃなかった？」

「そんなことまで話したの？」

「なんか、奥さんがどうの、って聞いた気がする」

姉の記憶力は偏(かたよ)っている。彼女はなんだって偏っているのだ。僕はいまだに、その法則を把握できていない。

「最近離婚したんだよ。僕らより十一歳上。それで本当にいいのかって、何度も確認された」

「ぜーんぜんいい。私、藤本さんにプロポーズされたら、明日にでも籍入れる」

僕はキッチンのほうを振り返った。ワイングラスを探したのだ。「飲んでないもん」と、姉がすぐに抗議してくる。

「素面(しらふ)でそんなことを言われるほうが怖い」

「藤本杏子って、いい名前じゃない?」

「姉さん。食事の約束をしただけだよ。それに、向こうはそこまで乗り気じゃなかった」

「どうして?」

彼女は目を丸くした。僕はお茶を一口飲む。

「……離婚したばかりだし、歳下すぎてなに話せばいいかわからないって。一度きりのつもりだと思う」

ふうん、と姉はつぶやいて、イスの上で両膝を抱えた。少しでも悲しくなると、すぐそういう体勢になるのだ。心細くなった子どもみたいに。部屋中に漂うバターとメイプルシロップの香りを吸い込んで、僕はいまが何時だかよくわからなくなる。夜なのに朝のような匂いでいっぱいの空間は、ちぐはぐしていて、自分たち姉弟のようだ。

「振られたら、ごめんね、亜門」

姉が神妙に言う。

「いや、僕は別に……。会うところまでいったら、あとはふたりの自由でしょう」

「でも、藤本さんなら家族にしてもいいって思ったのよね？」

そこまで考えていたわけじゃない。

昼休みのあれは、たぶん反射的な行動だった。見知らぬ男性たちの写真を大量に眺めた後で、顔をあげたら藤本さんが立っていた。この人のほうがずっといい、と思った。義兄としてではなく、なんというか、人格が信頼できるという意味だ。

「姉さんが結婚したいのはわかったけど、いきなりそんなところ目指さないでさ。普通の――、つまり、暴力的じゃなくて、身体目当てでもなく、お金をせびってくることもない、善良な人がどんなふうかを知ってほしいんだよ。それだけ」

ふうん、と姉はもう一度つぶやいて、両足を床におろした。

「藤本さんって、下の名前なに」

「……哲志。藤本哲志」僕は社内メールの署名欄を思い出しながら答える。

「いい名前ねえ」

歌うように彼女は言い、キッチンに戻った。洗い物が好きなのも姉の美点かもしれない。僕はお茶を飲み干して、流しへとカップを運ぶ。

「ほかに訊きたいことないの？」

「たとえば？」

「見た目とか、性格とか？」

「私、別に面喰いじゃないもの。性格は、だって、亜門が言ってたし」

過去の自分がなにを言ったのか、僕自身も覚えていないのに、そう全面的に信用されては不安になってくる。ずいぶん前の話なのだ。だが、僕のほうだってそれからろくにアップデートされていないのも事実だった。藤本さんについて、マッチングアプリのプロフィール欄に書いてあるようなこと——趣味とか休日の過ごし方とか、初回のデート費用はどちらが支払うべきと思っているか——はなにも知らない。いや、藤本さんなら自分が払うと言うだろう。結婚願望は？　一度はしたんだから、ある、と見るべきだろうか。ひどい別れ方をしたのなら、もうしたくないのか。子どもは？　「まだだった」と言っていた。あの後、彼はなにか言葉を呑み込んだ。

「あ、でも、食事に関して、なにか知ってるなら教えて」

「食事？」

「好物とか、食べられないものとか？　あと好きな女の子のタイプとか！　でも、亜門はそういうのはわかんないね」

わからない。

でも、入社したての頃は、毎日なにかしら会話していた。僕は当時から断れる飲み会はすべて欠席していたものの、ランチは藤本さんに誘われて外に出ることもあった。うちは出張の少ない会社だが、それでも数回、泊まりで地方に行ったこともある。好きな女性については知らなくても、好きな本なら何冊かわかる。社内報に社員のおすすめ本を紹介するコーナーがあって、人がいいからだろう、彼はしょっちゅう頼まれているのだ。

「エビが好物だった記憶がある。甘いもの全般も好きだけど、奥さんが間食に厳しくて、たまに嘆いてた。おなじ部署だった頃のことだけどね。お酒も飲む、ウイスキーが好きだけどアルコールには強くなくて、酔っ払うと呂律が怪しくなってよく笑う。枕が硬いと眠れない」

思い出せるのはそれくらいだ。「じゃあ」水切りカゴに皿を置きながら姉が言う。

「デートでは、甘いもの好きをアピールしようかな。趣味をお菓子作りとかにして」

この人の特徴は、こういうとき、本当にお菓子作りを趣味にしてしまうところだった。明日あたりレシピ本を買ってきて、週末までにクッキーでも焼き始めるかもしれない。「ショートカットの人が好みらしい」と伝えれば、即座に美容院を予約して食事の日までにばっさり切ってくるだろう。すぐ相手の要望に応えようとする。あまり健全ではないと思う。

僕はまたさっきの感覚に囚われた。この状況を喜ぶべきなのに、自分はなにを躊躇(ちゅうちょ)しているのか。

「ねえ亜門、金曜日、待ち合わせるとしたら、何時くらい？」

「……七時頃になると思う」

「なら、一度会社から帰ってきて着替えられそう。新しいワンピース買っちゃおうかしら」

片付けを終えた姉が、エプロンを外しながら言う。

「姉さん」

「うん？」

「そんなに張り切らないで」

彼女はまばたきをして、真面目な顔になった。

「私、亜門が嫌がるようなことは、しない」

知ってる、と僕は答えた。そして僕は、姉が望むことは、なんだって叶えようとするのだ。

目が合った。彼女は微笑む。僕は一瞬だけつられる。

おやすみ、と言ってキッチンを出ると、ありがとう、と姉は囁いた。

翌週の月曜日、僕は再び、藤本さんと食事に行くことになった。

出勤してきた彼は、自分のデスクに寄りもせず、まっすぐこちらに向かってきた。真剣な、ほとんど切羽詰まった様子で。「駒鳥、今夜空いてるか」と訊かれて、僕は「はい」と返した。本当はランチでもいいんだが今日はミーティングが詰まってるから夜に、というようなことを早口で告げると、さらに数秒、なにか言いたそうな顔をしてから立ち去った。

彼の表情が、姉との食事に対する反応として肯定的なものなのか否定的なものなのか、僕には読み取れなかった。

姉からは、もちろんすでに報告を受けている。

金曜日の夜、十時すぎに帰ってきた彼女は、そのまま僕の部屋にやってきた。パソコンで映画を観ていた僕は、中断して小一時間ほど話を聞かなければならなかった。デートは大成功だったという。藤本さんは優しくていい人で、連れていってもらった京料理屋さんは美味しくて、食事の後は姉の要望でカフェに行き、ケーキ二個をシェアして、タクシーで送ってもらった。次回のデートの約束までしたらしい。よかったね、と感想を伝えてその日は寝た。翌朝、甘い香りで目が覚めると、案の定彼女は朝一番でマフィンを焼いていた。僕は濃いめに淹れたコーヒーを飲みながら、まだ温かくてほろほろのマフィンを食べ、昨夜のデートがいかに素晴らしかったかをもう一度聞かされた。姉のスタンスは変わっていなかった。藤本さんにプロポーズされたら、私は明日にでも籍を入れる。

あくまで姉の話だ。

藤本さんがどう感じたかは知りようがない。メールなら送れたかもしれないが、たとえ僕の紹介だったとしても、デート直後に相手の弟から連絡のくることを喜ぶ男がいるとは思えなかった。「藤本さんが家族になったら嬉しいねえ」と夢みる姉を見ながら、僕は週末ずっと、落ち着かなかった。正確に言えば、藤本さんがあの夜に姉との食事を了承したときから、この違和感は続いている。そしてそれは、ことがうまく運べば運ぶほどに大きくなっていく。

オフィスを出て、僕らはまたファミレスに行った。

藤本さんはオムライスを頼んだ。僕は先週とおなじドリアのセットにした。彼はビールを注文することもなく、前回「ひさしぶりにやると楽しい」と喜んでいたドリンクバーにも立たず、向かいで黙り込んだ。

「あの」僕から口を開いた。「もしうまく断れなかったのなら、言っていただければ――」

「ちがう」

彼は遮(さえぎ)った。片手で自分の髪をぐしゃぐしゃにして、「そうじゃなくてだな」と続ける。この動作は、困ったときに出るんだろうか、と僕は考えた。

「また来週末、もう今週か、どこかに行きましょう、ってことになったんだ。なんでかよくわからんが」

「そう聞いています」

「断りたいとかじゃないんだ。本当に。ただ俺が確かめておきたいのは……、お前、いったい俺のことを、お姉さんにどう説明したんだ」

ちょうど店員が料理を運んできたので、話を中断した。店員が立ち去り、僕は難しい顔をしている藤本さんを見返す。

「姉には、会社の上司だと伝えていました」

「それだけじゃないだろう?」

「甘いものが好きとか……。あと、飲み会での一件を、姉は覚えていました。かなり前のことなので記憶が曖昧ですが、僕が話していたみたいです。だから藤本さんの名前を出したら喜びました」

「俺が嫌がる新人を飲み会に連れ出して、お偉いさんのセクハラに耐えさせたことをか？」

「助けてくれたのも、藤本さんですよ。彼女が覚えているのはその部分だと思います」

彼はため息をつき、テーブルの上の手つかずの料理に目を向けて、「食え」と言った。僕はカトラリーのケースからスプーン二本を取り出して一本を差し出す。藤本さんが受け取って、やや乱暴にオムライスに突っ込んだ。

「あの、姉がなにか、おかしなことを？」

「おかしいっていうか……。初対面なのに、なんだこれ、って思うくらい好かれててびっくりした。好かれた？　なつかれた？　わからん。俺はもっと静かな人を想像してたんだ、駒鳥の双子のお姉さんっていうから。会えば向こうも、こいつはちがうなってわかるだろうって思ってたから、そういう覚悟はしてた。覚悟っていうのも大げさか、とにかくお互い礼儀正しく食事して終わりって感じの夜を想定してたんだよ。ビジネスライクな」

「姉は、僕には似ていないと思います」

藤本さんは短く笑い、そうだな、と深く頷いた。

「駅で会った瞬間、ぱあって笑顔になってさ。こっちが戸惑うくらいに嬉しそうで。本当に――、なんだ、ずっと会いたかった人にやっと会えたみたいな喜びようだったんだよ。俺はわけがわからなくて、なにか思い違いをしてるんじゃないかっていろいろ話してみたんだけど、状況は変わらないし、彼女はじっとこっちを見て、俺がなに言ってもにこにこして、俺は動揺してどんどん口が軽くなって、よくわかんないうちに、また会いましょうってことで終わった」

彼が二度目のため息をつく。温度差はあれど、姉の話とおおむね合致していた。ケーキの評判がよくて雰囲気のいいカフェを、彼女は事前にリサーチしていたらしい。通されたのは窓際のソファ席で、ビルの上階に入っているから夜景が見えて、大層ロマンチックだったと姉は言っていた。「藤本さんはね、私をリラックスさせるためだと思うんだけど、失敗談ばっかり話して、かわいかった」彼が自らの恰好悪いエピソードを披露するたび、姉の瞳はきらきらしていったにちがいない。あの人はたしかに、奇妙なところにツボがある。というか、好きな人の話なら、ほとんどなんでも肯定的に聞ける才能がある。

そして姉は、藤本さんを好きになる、と決めているのだ。

「成功ってことですか?」

「知らん」藤本さんは首を横に振った。「次の日の朝は、狐に化かされたみたいな気分だった。お前の身内じゃなかったら詐欺を疑ってるところだよ。そのうち闘病中のお母さんとか借金を抱えた弟とかが出てきて、俺は彼女の涙に同情して、気づいたら封筒に二百万円くらい詰めて渡してるんだ」

投げやりに締めくくり、彼はオムライスに戻った。姉にとっては成功だろう。僕はドリアを食べながら考える。もしかしたら僕にとっても。でも、藤本さんとしては?

おそらく、問題はそこなのだ。

姉の相手として、僕は藤本さんを信頼している。

でも、藤本さんの相手として、姉を信用していない。

本来なら、僕のほうこそ「藤本さんに申し訳ない」と思うべきなのだ。善良な上司を捕まえてきて、断りづらい頼みごとに巻き込んでいるのだから。

「駒鳥？」

僕は前を見る。藤本さんがこちらを窺っている。

「お姉さんのことを悪く言ってるんじゃないからな」

「いえ、それはわかります。すみません」僕は自分の沈黙の言い訳を探した。「姉も似たようなものだと思っていただけです」

「似たようなもの？」

「次に会ったとき、実は近々手術が必要なんだけど費用が工面できなくて、とでも相談すれば、あの人も封筒用意するタイプですよ」

「お前、本当に、どうやって俺を売り込んだんだよ」

彼は怯えたようだった。ちがうのだ、と僕は思う。姉の場合、手術なんて大げさな理由を用意する必要すらない。競馬で擦っちゃったから十万円貸して、と頼まれても、仕方ないなあ、で渡してしまうのがあの人の恐ろしいところだった。必要とされていると感じたら、そのままその方向に吸い込まれていってしまう。

僕はスプーンを置いた。まだ半分ほどしか食べていないドリアを見下ろす。知っていたのに。姉に少し壊れたところがあるのは知っていたし、僕自身も彼女とはまたちがうところがおかしいんだろうと、もうずっと知っていたのに。藤本さんみたいにまっとうな人間を前にすると、自分たちの歪みが鮮明になっていくようだった。

「あの」

「うん？」

「姉は……、姉は少し、変わっています。惚れっぽくて、ひどい目に遭って別れても懲りずに似たようなタイプと付き合って、浮気されたりお金を盗られたり、そういうことばかりでした。待ち合わせに時間どおり現れた人にエスコートされて、美味しい料理屋さんでご馳走してもらい、手を出されることもなく家まで送ってもらったというのは、誇張ではなく、彼女にとって人生で最高のデートだったんだろうと思います」

　つまり、と藤本さんは言う。

「ものすごくハードルが低いってことか？」

「姉にとっては低くないんです。たぶん、このまま会い続けても姉は感激するだけで、どんどん――、その、好きになると思います。いまよりもひどくなります」

「そんな、悪いことみたいに」

「なんでも相手に合わせて、なんでも許して、なんでもする」

　藤本さんはわずかに眉尻をあげて、背もたれに寄りかかった。

「それはまた……、幸せになれないタイプだな」

　僕は一瞬だけ笑った。そうなのだ。

「あの、身勝手な話で申し訳ないんですが、やっぱり一度止めてもいいですか。これ以上続けてもらっても、困らせるだけだと思うので。姉には僕から言い聞かせます」

「駒鳥、お前なんか、保護者みたいだぞ」

　彼は苦笑して席を立った。一瞬どきりとしたが、カバンは置いたままで、単にドリンクバーに向かっただけだった。コーヒーマシンの前にいる藤本さんは、特に気分を害したふうではない。

　あの人は怒ることがあるんだろうか。ちらりとスマホを確かめると、姉から「遅くなるの？」というメッセージが届いていた。不安がっているんだろうとわかる。昨日まであれだけ喜んでいた彼女にこの話をしなければいけないのは気が重かった。

目の前にコーヒーカップが置かれる。藤本さんは僕の分も用意してくれたらしい。

「すみません、ありがとうございます」

「お姉さんと、一緒に住んでるんだってな」

はい、と僕は答えた。彼は向かいに座り直し、コーヒーに砂糖とミルクを入れる。

「大学のときからずっとなら、会社に入ったときもそうだったってことだろ。知らなかったよ。駒鳥が双子ってこともこの間知ったばかりなんだから当たり前だけど。でも、なんだ、お前はひとり暮らしだと思い込んでた。他人と生活しているところが想像できない」

「姉は……、他人ではありません」

藤本さんはこちらを見て微笑んだ。そうなんだろうな、と言ってコーヒーを飲む。僕も一口飲んだ。

「俺は、駒鳥の言うとおりにするよ。もともとお前の頼みだったんだから。でも、お姉さんには申し訳ないな。あれをデートって呼べるかどうかは怪しいが、癒(いや)される時間ではあったんだ。ずっとはしゃいでる子どもを眺めているみたいな。次は行きたいケーキ屋があるとか言ってさ。がっかりしなきゃいいんだが。——俺からはなにも連絡しないほうがいいんだよな」

また「お姉さんに申し訳ない」だ。この人は。

もちろん姉は泣くだろう。ただし、そこに藤本さんの責任はなにもない。姉と僕の自業自得だ。

「僕が伝えるので大丈夫です」

「駒鳥、それずるいからな」

「……それ?」

「先週も言ったけど。お前にその顔をされたら、俺、たいていのことは許すだろうよ」

僕はまた窓を見た。今度は明るい側にいるから、自分たちが座っている姿くらいはわかるが、せいぜいその程度だ。

「藤本さんは、いつもたいていのことを許していると思います」

僕が返すと、は、と彼は声を出して笑った。コーヒーカップを置いて、「そうなんだよ」と息を吐く。

「だからだめなんだよな、俺は」

僕はデート代を払い戻したいと申し出たが、「逆に悲しくなるからやめろ」と断られた。今夜のファミレスの代金をもつことで話はついたものの、今回はビールもなく、三千円にもならなかった。藤本さんは僕がずっと「その顔」をしていると主張し、そんなに悪いと思っているなら、これからもたまには夕食に付き合ってくれ、と言った。

僕はまた歩いて家に帰ることにした。今度は少しだけ遠回りして、大通りではなく住宅街を抜ける道を選ぶ。

自分が暮らしていない家が並ぶ場所に漂う疎外感が、僕は嫌いではない。特に夜は、角を曲がるたびにどこかに迷い込んでいくような錯覚に陥るから気に入っていた。街灯に照らされた粗大ゴミ、ちらりとこっちを見てから逃げ去る野良猫、だれもいない公園の端にある奇妙に明るい公衆トイレ。そういうものすべてが異世界のもののように思える。

小学生や中学生の頃は、姉と一緒にこれをやっていた。放課後、わざわざバスに乗って、見知らぬ住宅街まで散歩に行くのだ。姉は窓がステンドグラス風だとか、完璧に手入れされた花壇があるとか、季節外れのイルミネーションが飾ってある家なんかを見つけては喜んだ。食べ物の匂いがすればその家の夕食のメニューを想像し、テレビの音が漏れてきたら、流れているCMに合わせて歌った。散歩中の犬には駆け寄って触らせてもらった。彼女はそうやって好き勝手歩くせして、行き止まりにぶつかったりおなじ道に戻ったりすると、急に「亜門！」とこちらに責任を投げてきた。初めて来たところだろうとなんだろうと、僕の頭の中にはいつだってその場所の正確な地図がインプットされていることを、疑っていないかのように。

その訓練のおかげか、僕はいまでも滅多なことでは道に迷わない。今夜だって、通ったことのない道を選んでは曲がり、私道なんじゃないかと疑いたくなるくらい狭い路地を抜け、急な坂をのぼったりくだったりしたのに、スマホの地図を開くこともなく、最終的にはきちんと自宅前の大通りに着いた。立ち並ぶマンションの間に月が昇っている。腕時計を確かめて、自分が一時間半ちかく歩いていたことを知った。

姉が悲しむとわかっていることを話すのに、それだけの準備が必要だったのだ。

僕はちいさく息をつく。見慣れた世界の見慣れた暗い道は、いつも現実に続いている。

自分の家のドアを開けた瞬間から、僕はくらくらした。また菓子を焼いたらしい。バターの香りが玄関にまで届いている。

「おかえり、亜門……」

廊下に出てきた姉は、最初から様子がおかしかった。彼女は僕が滅多に残業しないことも、平日の夜にふらっとひとりで外食なんかしないことも、だからといってだれかと食事に行くなんて、もっと可能性が低いことも知っている。遅くなったのはなにか用事があったからで、それが自分に関するものだったのではないかと彼女は怯えているのだ。

「ただいま」

僕はそう返して、まずは洗面所で手を洗った。ちらりと鏡を見たが、藤本さんの指摘する「その顔」がなんなのかはわからなかった。自室でジャケットを脱いでハンガーにかけ、ネクタイを外す。姉はリビングに戻らず、僕の部屋のすぐ外に立って、こちらがなにか言うのを待っている。今日も例の派手なエプロンを着けていて、彼女がそれをしたまま泣くであろうことは、余計に僕を憂鬱にした。

「やっぱりやめにしてもらった」

姉と向き合って、単刀直入に言った。

「……なにを」

彼女はびくりとしてから、ちいさな声で訊いてきた。わかっているくせに。

「藤本さんに」

僕は姉を廊下に残してリビングに行く。

ソファ前のテーブルには、大量のクッキーがあった。わざわざ型を買ってきたらしい、星やら人形やらハートやら、いろんな形がある。冷ましている途中なのか、大皿の上に広げられているそれらを、僕はぜんぶタッパーに入れてきっちり蓋を閉めた。このままにしておくと、そのうち興奮した姉が床にぶちまけかねない。

「どういうこと?」

姉が追いかけてくる。

「なかったことにしてもらったんだ」

「断ったの？　亜門が？」

「そうだよ」

僕はソファに腰をおろした。姉が目の前に仁王立ちになる。

「どうして？」彼女の声は震えていた。「どうして……」

「ねえ、会社の人、しかも上司なんて、やめておくべきだったんだよ。僕が軽率だったんだ」

「約束してるのよ、次は土曜日って。モンブラン食べにいくの。いつか一緒に行ったお店覚えてるでしょ、あそこは並ぶから、朝早くから……」

姉の目に涙が溢れ、彼女はカーペットにぺたりと座り込んだ。僕は箱ごとティッシュを差し出す。姉は受け取ろうとしない。

「僕にはできないよ。なんだか僕らを押しつける相手を探している気になるんだ。姉さんが結婚したいなら、相手は自分で見つけてほしい」

「藤本さんがいい」

「それはもう終わった」

「なんでっ」

「姉さんは藤本さんじゃなくてもいいんだ。僕が選んだって思えるなら。そんなのは藤本さんに失礼だし、僕の責任も重すぎる」

そんなことない、と彼女は反駁した。

「亜門が選んだ人と私が会って、それから先は私が決めるんでしょう？　この間はそう言ってたじゃない。ちがうと思ったらちゃんとやめにするわ」

「姉さんには無理だよ」

彼女はかっと顔を赤くして、タッパーを摑んで床に叩きつけた。カーペットがあるし、たいした勢いではない。僕は拾い上げ、それを彼女の手の届かないところに移動させる。

「姉さんには無理だよ」もう一度言った。「これまでを振り返ればわかるでしょう。姉さんには、好きになるのと、好きだと思い込むの、その差がわからないんだ」

「わかる！　私だって結婚するなら、だれでもいいわけじゃない。家族にする相手なら――」

「僕らは両親を捨てているんだし、まともな家族がどんなのかなんて知らないよ」

もうテーブルの上にはなにもなかったので、姉はソファのクッションを摑み、こちらの脚に叩きつけてきた。柔らかいので痛くはない。どんなに怒ったところで、彼女は本当に物理的なダメージになるような攻撃はしてこない。

「そうやってまた、お父さんとお母さんのせいにするんでしょ！」

姉は立ち上がって叫んだ。

「私がだれでも好きになるのはお父さんのせいだし、自分がだれのことも好きにならないのはお母さんのせいだし、ずっとそうやって生きるの？　なんのために家を出たの！　亜門はいつも私のすることに呆れてるけど、亜門だってそうでしょ、亜門はなにもしないから間違わないだけで、本当は私とおなじくらい馬鹿だと思う！　亜門こそ、自分がだれのことを好きでどうしたいのか、ぜんぜんわかってないくせに！」

僕はクッションを拾い上げ、姉に向かって放り投げた。相手がよろめいた隙に立ち上がり、充電コードに刺さっていた彼女のスマホを摑む。パスコードは知っていた。彼女の誕生日だ。もちろん、僕の誕生日でもある。

「亜門！」

僕は廊下に出て、トイレに入って鍵を閉めた。亜門、と姉が叫びながら必死でドアを叩いてくる。やだやだやめて、消さないで！　僕は「壊れるよ」と返しつつ、まずアドレス帳から藤本さんを消し、メッセージの履歴もすべて削除した。見るつもりはなかったのに、すぐ下に「この間はむりにしてごめん。もう一回会わない？」というメッセージを見つけてそれも消した。別れた彼氏からだろう。藤本さんとの話がなくなったら、姉はトチ狂ってこいつに戻りかねない。

ドアを開けると、彼女は壁際に座り込み、膝を抱えてすすり泣きしていた。照明のついていない廊下は暗く、リビングの明かりが、中途半端に開いたままのドアの隙間から漏れている。僕はまた鏡の存在を思い浮かべた。僕はこの人に幸せになってもらいたいのに。いつだってそう願っているのに、うまくいかないのはどうしてなんだろう。

「姉さん」

彼女は反応しない。だけど、向かいに腰をおろして、「杏子」と呼び直すと顔をあげた。

「しばらくだれとも付き合わないで、ゆっくりしてみたら。僕は姉さんに、もっと自分を大事にしてほしいんだよ」

彼女は手の甲で涙を拭った。

「亜門が彼女作って、毎週末デートして、この子とお付き合いしていますって、私にも紹介してくれたら、私はしばらく、彼氏いらない」

「……僕にそれができないように、姉さんに独り身は無理だって言いたいの？」

スマホを差し出す。姉は受け取ったものの、すぐに興味をなくしたように廊下に置いた。「そうじゃないわ」掠れた声でつぶやくと、こちらの膝の間に入って抱きついてきた。胸元に頬が押しつけられる。僕は彼女の長い髪に触れる。

「そうじゃなくて、亜門と私、足して二で割ったら、まともな人がひとりできあがるのかもしれないって思ったの」

こんなに早く泣き止むのも、淡々とした口調も、姉らしくなかった。僕は少し緊張した。「姉さん？」と呼ぶ。彼女はぎゅっと抱きついてくる腕の力を強めたかと思えば、すぐにゆるめた。

「きっとお父さんもお母さんも、その子がひとりだけいればよかったのよね。そうしたらきっと、なにもかもこんなに難しいことはなくて、普通に幸せになれたのかも」

廊下にはまだ焼きたてのクッキーの匂いが漂っていた。僕は壁に寄りかかり、姉の頭を抱いて、なにかが潜んでいるように薄暗い玄関に目を向ける。

そうかもしれない。

僕らが双子ではなく、ひとりだったら、彼らの理想は叶ったのかもしれない。両親の、というか、駒鳥家の不幸は、子どもはひとりがいい、できれば息子が欲しい、と考えていた夫と、子どもはひとりがいい、できれば娘が欲しい、と考えていた妻という夫婦が、男女の双子を授かってしまったところから始まった。夫婦はそれぞれ、自分の望んでいたほうの性別の子を可愛がった。彼らに経済的な余裕があったなら、おそらく別居なり離婚なりの処置で、僕らは別々に育てられたことだろう。そうはならなかった。ただおなじ家の中で、やたらばらばらの扱いを受けただけだ。父親は常に僕を褒め、姉をけなし、姉を溺愛(できあい)する妻を馬鹿にした。母親は逆のことをした。ある意味、彼らはとても似た者夫婦だったのだと思う。

それでも、姉と僕は、昔から仲がよかった。

なにがあってもお互いは絶対に味方だと、本能的に知っているようだった。夜、両親が眠ったのを確かめると、僕らは子ども部屋で起き上がり、布団をかぶってこそこそとその日の出来事を報告し合った。姉は、母親が自分だけに与えたおやつを、律儀にすべて半分取っておいて僕に寄越した。僕は、父親が僕にだけ早めに習得させようとすること――字の書き方や九九やら――を、どうにか姉に教えようとした。あの頃僕らが隠れて使っていたちいさな懐中電灯の持ち手の感触を、僕はいまでもよく覚えている。父親が遅く帰ってくるのは飲み会のあった日で、夜中になると彼は必ず、一度起きてトイレに行った。その足音を聞きつけると僕らは懐中電灯を消し、布団の中でじっとした。姉は毎回のように沈黙に耐えられなくなり、くすくす笑い出す。僕はその度に彼女の口を手で塞いで静かにさせようと必死になった。父親に見つかったら、自分よりも姉のほうがひどく怒られるのがわかっていたからだ。

僕らが双子ではなかったら。

その子は、あの子ども部屋をひとりで使い、両方の親から愛情を受けたんだろうか。なにもこんなに難しいことはなくて。

あのすべての夜を、ひとりで過ごしたんだろうか。広いベッドで、ぐっすり眠ったのか。

「……僕は、姉さんのいない世界で生きるのは嫌だ」

僕は言った。姉は胸元から顔をあげると、亜門、とつぶやいて微笑んだ。

翌朝は、廊下の物音で目が覚めた。

僕はすぐに寝室を出て確かめたが、姉はすでに出かけた後だった。まだ七時前だ。いつもより一時間以上早い。たぶん朝食はカフェかなにかで取るつもりなんだろう。

藤本さんには相当入れ込んでいたから、僕が朝食を用意して起こしにいくまで姉はベッドから出てこないかと思っていた。そこまでダメージは負っていないということなのか、あるいは、勝手に破談にしたことを許してはいないぞというアピールなのか。

欠伸をひとつする。昔の夢をみていた気がするが、内容はもう忘れてしまった。

リビングはカーテンも開いていなかった。僕はコーヒーメーカーをセットしてから、朝の光を部屋に入れる。それから自室に戻って、昨日姉の焼いたクッキーの入ったタッパーウェアを持ってきた。姉の目に入ったら丸ごと捨てられかねないから、隠しておいたのだ。

コーヒー、バナナ、クッキーで朝食にする。

ひとりの朝はひさしぶりだ。姉は、デートで夜遅くまでいないことはあっても、朝まで帰らないことは滅多にない。どうも彼女は、外泊は僕に悪いと思っているらしい。僕は別にかまわなかった。ただ彼女の場合、彼氏が突然暴力的になったとか、修羅場に巻き込まれて身動きが取れなくなっていたとかいう過去があるので、そうではないと一報入れてもらえたら安心する、というくらいだ。

会社にはいつもどおりの時間に着いた。

藤本さんは、だいたい僕の十五分後くらいに来ることが多い。今日も変わらなかった。彼は自分のデスクにカバンを置き、一度座った。僕は視界の隅でそれを確認した。だが、しばらくすると彼は立ち上がって、こちらにやってきた。

「駒鳥」

「おはようございます」

「おはよう」

僕は彼を見上げる。藤本さんは口を開き、閉じて、また開けた。

「それで、大丈夫だったのか」

「大丈夫でした。ご迷惑をおかけしてすみません」

彼は首をかしげて、かすかに苦笑する。

「いつもの駒鳥だな」

僕は黙った。この人は、ときどきよく意味のわからないことを言う。お疲れさん、と付け足して、彼は自分のデスクに戻っていった。僕は「お疲れさまです」と返したが、たぶん聞こえなかっただろう。その背中を眺めながら、もっとなにか言うべきだっただろうか、と考えた。あるいは、お詫びに菓子折りでも用意したほうがよかったか。姉のことがなければ、異動でもない限り、藤本さんと話す機会もまた少なくなる。

滞りなく仕事は進み、僕は終業時刻きっかりに会社を出た。

寄り道していつもより高級なスーパーに行き、姉の好物ばかりを買ってマンションに帰ったのに、姉はいなかった。その時点で漠然と不安になった。特に連絡はしていなかったものの、僕がこうすることを、彼女はわかっているはずだ。

キッチンのカウンターに買ってきたものを並べる。電話をかけようかどうしようか、迷ってやめた。姉がわざと帰ってこないのであれば、なにを言っても無意味だからだ。性格上、電話口で感情的になにかを訴えるなんてこともできない。せいぜい彼女がひとりでいることを願う。あの人には奇妙な行動力があるので、僕への反抗心から速攻でマッチングアプリを再開し、早速ろくでもない男を見つけて会っていることすらありうる。

部屋着に着替えて、ひとまず米を洗った。ごはんが炊けるまでに帰ってこなければ、ひとりで食べるしかない。惣菜(そうざい)類は冷蔵庫に入れておけば、帰ってきた姉が明日の弁当かなにかにするだろう。

炊飯器のスイッチを入れたところで、コンロ脇にセブンスターとライターが置いてあるのを見つけた。

加熱式煙草全盛のこの時代に、古風なことに姉はまだ紙の煙草を吸っている。持ち歩くほどの喫煙者ではないが、嫌なことがあったとき手を出す用に常備してあり、彼女はよく嫌なことに遭遇するので一ヶ月に一箱ほどのペースで消費している。吸い始めたのはもちろん男の影響で、僕が察するに、姉は煙草が好きというよりも、悲しい気持ちになったとき、キッチンに座り込んで自分の身体に確実に悪影響を及ぼすものを取り込むのが好きなのだ。

今朝は火を使わなかったので気づかなかったが、きっと朝からあったんだろう。吸ったのはおそらく夜中、僕が寝た後に、こっそりと起きてきたのだ。廊下の照明はつけなかった。リビングも。キッチンに着いてから、流しの上のちいさなライトだけをつけて、換気扇を回し、煙草をくわえてライターを近づける。

僕はおなじことをした。一本取り出して、くわえて火をつける。

人生で三本目だ。一度目も二度目も姉の煙草で、彼女の目の前で吸ってみせた。彼女は「やめて」と泣いて懇願した。もちろん僕は姉が嫌がることを承知の上で——、というか、僕も姉が吸うのがおなじくらい嫌なのだとわかってほしくてそうしたのだけど。

彼女のいないところで吸うのは、だから初めてだ。

一度流しに灰を落としてから、僕はわざわざリビングとキッチンの照明を消して回った。姉がいたときとおなじ暗さを再現しようとしたのだ。彼女は膝を抱えて隅に座り込んだことだろう。僕は立っていたが、壁に寄りかかった。換気扇の音がうるさい。姉は泣いただろうか。たぶん泣いた。暗いリビングを見つめて、僕はまた鏡のことを考えはじめる。ここにいるのはだれで、煙草を吸っているのはどちらなのか。亜門と私、足して二で割ったら、まともな人がひとり……。

調理台に置いてあったスマホが震えた。

ぼんやりしていた僕はびくりとして、その拍子に床に灰が落ちた。ディスプレイに「藤本哲志」と表示され、慌てて流しに煙草を捨てる。彼から電話がきたのは、部署が別になってから初めてのことだ。

「はい」

「駒鳥」

藤本さんの声は、明らかに困っていた。「姉ですか？」僕は訊く。受話器の向こうで、彼はちいさく咳払いした。

「あー、まあ、そう、そんなつもりはなかったんだが……。いま、お姉さんがうちに来てるんだよ」

僕は目眩(めまい)を起こしそうになった。

「うちって、ご自宅ですか？」

「ああ、お前いまから――」

「伺います。すぐに行きます。連れて帰ります、すみません」

いやそんな、という声が聞こえたのに、僕は電話を切ってしまった。自宅？　藤本さんの自宅？　どうやって？　僕ですら場所を知らない。そうだ。どうやって行けばいいのか。

だが、すぐに藤本さんからメールがきた。住所と一緒に、「話がしたいんだそうだ」と書き添えてある。

タクシーの拾える大通りまで、僕は走った。

藤本さんの自宅は、タクシーで十五分ほどの距離にあった。六階建の低層マンションで、彼の家は最上階の端だ。エレベーターの中で腕時計を確かめると八時少し前で、上司の家を訪ねるには非常識な時間だと僕は思った。なにもかも非常識だ。姉のせいで不測の事態に巻き込まれることはよくあるが、関係者が僕の知り合いというのは初めてで、自分が動揺しているのがわかった。姉にだれかを紹介するなんて二度とするまい、と決める。ほかに候補もいないけど。

深呼吸をしてからチャイムを押す。すぐにドアが開いた。

「駒鳥、早かったな」

「すみません」

玄関先で、僕はまず頭をさげた。

「俺のほうこそ、悪かったっていうか……。顔あげてくれ」

僕は従う。藤本さんはジャケットとネクタイを外した恰好で、髪はぐしゃぐしゃだった。姉に相当困らされたのだろう。

「会社出たらお姉さんがいたんだよ。最初は例のファミレスにでも連れていこうとしたんだけど、会社の人に見られそうになったから焦っちゃって。とりあえずタクシーに乗せて家まで送ろうとしたら、お前が待ち構えてるから帰りたくないって。俺、女の人に泣かれるとだめなんだよ、どうしていいんだか――」

「藤本さんは一切なにも悪くありません。本当にすみません、すぐに連れて帰ります。お邪魔します」

僕は断って廊下にあがった。「駒鳥、お前、怒ってんのか」藤本さんがぼそりとつぶやいたのが聞こえた。怒っている？　姉に？　そうかもしれない。慣れていないからよくわからない。リビングのソファに座っていた姉は、僕が近づいていくと、反抗的な顔つきで睨（にら）んできた。

「なにやってるの。帰るよ」

「嫌」

「話なら家ですればいいでしょう。藤本さんに迷惑かけないで。平日の夜だよ、わかってるの」

腕に手をかけたら、彼女は振り払って立ち上がった。藤本さんが部屋の入り口で、腕を組んで壁に寄りかかっているのが視界の隅に映った。興味深そうな表情で、見物でもするように。怒られるよりはマシかもしれないが、面白がられるのも不本意だ。

「姉さん……」

「藤本さんは、私とデートしてもいいって」

「会社で待ち伏せされて泣かれたら、断れるわけないでしょう。ほとんどストーカーだし、脅迫だよ」

「亜門がぜんぶ消しちゃったから、直接会いにいくしかなくなったんでしょ！」

「姉さん」これは、どう考えても藤本さん本人の前で繰り広げるべき会話ではない。「わかったから、昨日のことは謝るから、とりあえず帰ろう。夕飯は買ってある。カフェかどこかに行ったっていい、とにかくここを出なくちゃ」

「嫌よ」姉の目に涙が浮かんだ。「これきり藤本さんに会えなくなるのなんて嫌。それに中途半端に迷惑かけたまま帰ったら、亜門会社辞めちゃうでしょ。そんなのだめ」

「僕は会社を辞めるなんて――」

考えていなかった。……たぶん。これだけ巻き込んでしまったのだから、なにかお詫びをしなくてはいけない、とは思っていた。藤本さんは受け取るだろうか。受け取らないかもしれない。彼のことだから、いいよ、の一言で許しかねない。僕は居た堪れなくなり、会社で顔を合わせるたびに申し訳なくなって、藤本さんはそんな僕にすら気を回し、僕は金輪際彼の負担にならないためにはどうすればいいかを考えて……。

「駒鳥」

振り返る。藤本さんは拳を口元に押し当てて、信じられないことに、笑うのを堪えているようだった。

「お前に辞められるのは困るぞ」

辞めません、と言いたかった。僕が口ごもると、「この子、嘘つけないんです」姉が隣で勝手に解説する。藤本さんは片手で顔を覆い、俯いて肩を震わせた。この状況のなにがそんなに愉快なのか、僕にはまったく理解できない。

「いいから、駒鳥、一旦座れよ。ここでお前がお姉さんを引きずって帰ったところで、その後どうなったのか俺も気になるだろ。お前が会社で話してくれるとも思えないし」

話します、とも僕は言えない。「お茶でも飲むか」と言って藤本さんがキッチンに向かう。「ありがとうございます」と返事をしたのは、僕ではなくて姉だった。

勢いで入ってきてしまったが、他人の家にあがるのは、社会人になってから初めてのことだった。

藤本さんの家は、僕らの家よりもだいぶ広かった。リビングダイニングだけで十五畳くらいあるんじゃないか。ところどころ不自然に物がなくて、がらんとした印象すらあった。引っ越した後ではなくて、引っ越された後なのだ、と気づく。特定の段だけが空の本棚や、なにかが掛けてあった跡のうっすら残る壁が、だれかの不在を強調していた。大きなダイニングテーブルはデスク代わりにしているようで、半分はパソコンや書類で埋まっている。

僕は姉の隣に座らされた。藤本さんは、押しかけられた側の家主にもかかわらず、姉の斜め前、絨毯の上に直接腰をおろし、本人が「めちゃくちゃ薄く作った」と主張するウイスキーの水割りの入ったグラスを手元に置いた。姉と僕に出されたのは緑茶だ。すみません、ありがとうございます、と僕は言い、それきり黙った。

ここで話したいことなど、なにもないのだ。

どうにか早く終わらせて、姉を連れて帰りたい。そう思うのに、じゃあどうすればいいのか、頭がうまく働かなかった。

「亜門は」姉が口を開く。「人の家が苦手なんです。知らないものだらけだから。昔ね、大学生の頃、家庭教師のバイトを始めたのに、三回くらいで辞めちゃって。他人の家、特に家族みんなで住んでいるような家は苦手だって。それで塾に移ったのよね」

他人の私的な空間に入り込んで居心地が悪くない人間なんているんだろうか、と思ったが、口には出さなかった。どうでもいいことだからだ。さっさと本題に入ってほしいものの、姉の本題がなんなのか僕はいまいちわかっておらず、それでますます落ち着かなかった。

「まあ、ここ、一応ファミリー物件だもんなあ。もう俺しか住んでないけど」

藤本さんがつぶやく。ただ雑談に応じただけというふうだったのに、隣で姉の身体がこわばったのを感じた。まさかと思って確かめると、彼女は本当に涙ぐんでいる。

「姉さん?」

嘘だろう、という気持ちでポケットに手を突っ込んで、そこでようやく僕は自分が部屋着で上司の家にあがり込み、ハンカチすら持っていないことに気づいた。藤本さんがびっくりした顔で、テーブルの下にあったティッシュの箱を姉に差し出す。

涙を拭う姉の様子を、僕は慎重に窺った。彼女が少しでも落ち着いたら、宥めすかして家に帰るつもりだった。だが、それを感知した姉が「まだ帰らないってば」と言い返してくる。藤本さんがちいさく笑う。

「仲いいよなあ」

ここに来てから、自分たちは一度でも仲のいい姉弟らしい振る舞いをしただろうか、と僕は疑問に思った。藤本さんと目が合う。彼は微笑む。

「この前も、杏子さん、駒鳥の話ばっかりしてたよ」

「そうなんですか?」僕は動揺した。彼が姉を名前で呼んだことにも、発言の内容そのものにも。姉のほうを見る。「なにを言ったの?」

「いろいろ。だって、亜門のことも知っておいてもらわなきゃ困るでしょう? 家族になるかもしれないんだから」

「なにを――」

僕は絶句した。いくら姉だろうと、会って二回目の男性に自分の結婚計画を話すことが恐ろしく常識から外れているのは、わかっているだろうと思っていたのだ。恐る恐る藤本さんの反応を確かめる。彼は笑いを堪えているような奇妙なしかめ面で、片目を細めた。

「いや、これ、さっきも言われたんだ」

「嘘でしょう……」

「会社の前で。弟がなにを言ったか知りませんが、私は本当に、結婚を前提にお付き合いしたいと思ったんです、って。俺はぽかんとして、なんだかわかんなくなって、前回よりもさらに混乱して——、ここにいるわけだ、俺たち全員」

僕は呆然として姉を見た。

「なにしてるの？　僕が嫌がることはしないんじゃなかったの？」

「してないわ。だって亜門は、私と藤本さんが付き合うのが嫌なんじゃなくて、怖いんでしょ。自分はちゃんと藤本さんに近づいたことがないから。亜門はいつもそう。憧れの人とか好きな人に一歩も近づかないで、遠ざけて、遠ざけて、自分で勝手に終わりにしちゃうんだから。藤本さんのことだって、ずっと好きだったくせに！」

勢いづいた姉が立ち上がる。藤本さんは目を丸くして彼女を見上げた。「姉さん……」僕はどうにか声を出した。「誤解を招くような発言は……」

「恋愛の話なんかしてないの！」彼女は叫んだ。「私が言っているのは、高本さんとか入江先生とか枝野のおばちゃんとか北野先輩とか、亜門がいままで出会って、お世話になって、大好きになった人たちのことを言ってるの。私、みんな覚えてるのよ。亜門がだれかの話をしたときは、日記に書いておくんだから。この間読んでた本だって、前園さんにもらったやつでしょう？　大学生のときからいままで、何度読み返してるの？　亜門はいつもそう、だれかを好きになっても、絶対に言わないし認めないし顔にも出さないし、仲良くしようともしないで、ひと欠片（かけら）の思い出だけ後生大事にするの。私、あそこの本だって何冊か、亜門の部屋で見たことある！」

姉は藤本さんの本棚を指さした。僕はただ馬鹿みたいに、彼女を見上げて固まっていた。顔が熱い。羞恥（しゅうち）なのか怒りなのか動揺のせいなのか、自分でも判然としなかった。全部かもしれない。通っていた幼稚園のバスの運転手から大学の先輩まで、自分がいままでお世話になって——好ましく思って？　尊敬して？——いた人たちを、突然羅列されたのだ。一斉に爆弾を投げ込むような勢いで。僕は姉にそんな話をしたのか？　したんだろう。日記に書いてあるって言ったか？　実家を出るとき彼女がけっして手放そうとしなかったあの何冊もの分厚いノートには、そんなことが書いてあるのか？

「姉さん、頼むから——」

「私がまた変なこと思いついただけだと思ったんでしょ。私が、亜門がお義兄さんにしたい人と結婚するって言ったとき。ちがうわ。真剣に考えてそう思ったのよ。私の半分は亜門だし、私の幸せの半分は亜門だもの。どんなに好きな人でも、亜門と仲よくできないならいらない。食事の相手は藤本さんだって聞かされて、私がどれほど嬉しかったかわかる？　忘れられるわけないじゃない、あの話聞いたときから私、菓子折り持ってお礼に行きたかったくらいなんだから。それこそ亜門が嫌がるからしなかったけど。部署が分かれちゃったとき、自分がどれだけ悲しそうにしてたか気づいてないの？　食事に行ったとき、想像していたとおりの人が来て、私がどんなに舞い上がったか——。どうして思い込みだなんて言うの。これが思い込みなら、私、一生思い込むからいいわ。藤本さんに振られるなら仕方ないけど、亜門が勝手に逃げ出すっていうなら——」

　僕は立ち上がって、姉の顔をこちらの胸元に押しつけるようにして抱きしめた。彼女を黙らせる方法がほかに浮かばなかったのだ。自分の腕が震えているのに気づく。いっそこのまま姉を引きずってベランダから飛び降りたいと本気で願った。だが、それも迷惑な話だろう。ゆっくりと息を吸って、吐く。

「……すみません。あの、僕らはもう帰るので、今日のことは忘れてください。今日のことというか……、すべて忘れてください」

自分の声が、どこか遠いところで響いているように聞こえた。姉がくぐもった抗議の声をあげる。僕は腕に力をこめる。自分にそういう技術があれば、彼女を気絶させて運び出したいくらいだ。

「いや……」

藤本さんがつぶやく。僕は一度目を閉じ、覚悟を決めてから彼に視線を向けた。どういう反応を受けるにせよ、姉と僕の自業自得だ、と思いながら。

右手で口元を覆っていた彼は、ゆっくりと手を外した。耳の先が赤かった。髪をぐしゃぐしゃにしてから続ける。

「これじゃあ俺、なんかふたりからプロポーズ受けたみたいじゃないか」

姉がこちらの肩にしがみつき、身体を震わせ始めた。僕は両腕の力をゆるめる——、というか、手が勝手に脱力した。姉はだんだん笑うのを我慢できなくなり、やがて顔をあげて、間近で僕を見上げた。悪戯に成功したかのように、満面に笑みを浮かべている。

僕はつられた。


もう一度ソファに座った。

僕はもはや、自分の感情がどうなっているのかわからなかったが、たしかなのは帰りたいということだった。家に帰り、ひとりになって、落ち着いて考えたい。いままであらゆる問題が起こったときにそうしてきたように。だが、姉が「このままここを出たら、亜門はもう会社に行かないと思います」と藤本さんに進言し、彼が「座れ、駒鳥」と命じた結果、それは叶わなかった。

「亜門は、あんまり困らないようにして生きてるから、いまみたいに困ってるとき、どうすればいいのかわからないの」

自分の危機は去った、と確信しているらしい姉が明るい口調で言う。せめて姉自身の話をしてほしい、と思ったが、口に出す気力が僕にはない。「そうだな」藤本さんが、グラスにウイスキーを足しながら頷く。

「会社でも、困ってるところは見たことないな。ここ最近を別にすれば」

「どんなふうなんですか？　会社で、亜門は」

「——あの」僕は顔をあげた。二人がこちらを向く。「姉が帰らないのはわかったので、僕はもう失礼してもいいですか」

「明日、会社で普通に接してくれるならな」

藤本さんはそう言うと、答えあぐねた僕を見て、ふふっと笑った。「お前、ほんとに嘘つけないんだな」

「特に、好きな人にはだめなの」

姉がまた解説を加える。僕は、自分がなんらかの罰ゲームを受けているように思えてきた。

「駒鳥、駒鳥」藤本さんが宥めるように名前を呼ぶ。

「悪いな。俺はいま、調子に乗ってるんだ。なにかの勘違いや一時的な思い込みにしても、人に好かれるのは、俺は嬉しいよ。特に、一生一緒にいると思って結婚した相手に出ていかれた後だからな。恋愛とか抜きにしても、なんだ、ちょっと救われたような気になる」

「——そういうことを言うと、姉がまた泣きますよ」

泣かないわ、と返した彼女の声は、すでに少し掠れていた。藤本さんはもう慣れたらしい。ちいさく笑って、ティッシュの箱を持ち上げただけだった。「別れたばっかりなんですか?」姉が手を伸ばしながら尋ねる。

「もうすぐ三ヶ月」

「どうして?」

ひどい別れ方、と藤本さんが言っていたことを、僕はもちろん覚えていた。だが彼は、姉を止めようとしている僕に気づいたように微笑んだ。

「ちょうど、駒鳥が入社してきた頃が新婚だった。覚えてるか?」

はい、と僕は返事をする。当時の部長で、藤本さんの上司だった人が、「こいつ新婚だからさ」とよく話のネタにしていた。

姉が僕の右腕を取って、身体をくっつけてくる。ホラー映画や悲しい展開のドラマを観るときにそうするように。

「次の年に浮気された。俺は全然気づかないで、向こうが自己申告してきたんだよ。罪悪感で耐えられない、ってさ。仕事の飲み会で飲みすぎちゃって、って感じだったと思う。俺は許した。許したっていうか……、どうしようもないだろ、起こった後にさ。それで普通に戻ったんだけど、しばらくしたら、あれだ、レスになったんだよな」

「レス?」

僕が訊き返すと、姉が腕をぎゅっと掴んできて、「セックスレス!」と耳元で囁いた。僕はまばたきをする。どこかの世界では、きっと一般的な略語なんだろう。藤本さんはため息をつくようにして一瞬笑った。

「俺がだめになったんだ。向こうは俺を責められなかった。まあ、結婚したらそうなる夫婦もいるって言うだろ。それ以外は平和に続いて、でも俺たち、子ども欲しかったから。どうにかしないとな、とは思ってた。ずっと思っていて、思っているだけで解決しないまま時は過ぎ、相手が妊娠して出ていった」

姉が息を吞む。「それって――」僕は口を開きかけたが、姉に腕をつねられて黙った。

「女の人は、年齢でいろいろあるからな。見切りをつけられても仕方ない」

藤本さんが肩をすくめる。姉がまた泣き出したので、僕は藤本さんの差し出した箱からティッシュを取り出し、姉に渡した。

「私、浮気したことありません」

姉が言う。「されたことしかないね」僕は認める。

「いまからなら、三人くらい産めると思う」

「姉さん、そういうことは軽々しく――」

ぎょっとした僕が止めようとすると、藤本さんは吹き出した。彼は身体を震わせ、眼鏡を外し、テーブルに突っ伏してしばらく笑い続けた。顔をあげ、涙を拭いながら眼鏡をかけ直す。

「ふたりを見ていて、家族っていいなって羨ましい気持ちになった。正直俺だって、駒鳥たちが普通だとは思ってないさ、いろんな意味でな。でもお互いのことをなによりも大事にしているのはたしかだろ。さっきのは、なんかその輪の中に勧誘されたみたいで、ぐらっときた。――杏子さん」

姉がびくりとして、僕の腕を離した。彼女は藤本さんと向かい合って姿勢を正す。

「そういうわけで俺は、いまはあんまり、恋愛だの結婚だのって話には乗れないんだが。でも先週はとても楽しかったたし、あれくらいでよければ、いつでも付き合うよ。それでどうだろう。あなたと、弟さんがそれでよければ」

姉は十回くらい頷いてから、こちらを見つめてきた。藤本さんも軽く眉をあげる。この状況で断れる人間がいるだろうか。

「——こちらこそ、姉をよろしくお願いします」

夕食まで藤本さんの家で済ますことになったときも、僕は無論辞退した。姉にも藤本さんにも却下された。二人の間にはいまや奇妙な協力関係が成立し、自分たちが結託すれば僕は逆らえないと知っているようだった。僕はそもそも姉の言うことはたいてい聞く。藤本さんになにか頼まれたら断ることはないだろう、というのも自覚はしていた。ただ、これまでは深く関わることがなかったからそんな機会はなかったのだ。

この二人が交際に発展したとして、僕は理不尽な目に遭い続けるだけではないのか、という予感がしないでもない。

「そうは言っても、たいしたものはないんだがな」

冷蔵庫を前に藤本さんはつぶやいた。最終的に提供されたのは、インスタントの味噌汁と大量の冷凍餃子、茹でたての蕎麦、という組み合わせだった。麺を茹でたのは僕だ。餃子を焼き始めた藤本さんが途中で白米の冷凍ストックがないことに気づき、「米を炊くより蕎麦を茹でたほうが早いんじゃないか。でも、餃子と合わないかな」と悩み、姉が「合うわ。茹でるのは亜門が上手です」と即答した。たとえ藤本さんが提案したのがパスタでもうどんでも、彼女はおなじことを言っただろう。好きになった相手のほとんどすべてを肯定するのは姉の得意技だ。僕は異を唱えなかった。姉はテーブルセッティングを担当し、ときどき振り返ってキッチンを確かめては、いかにも嬉しそうに微笑んだ。彼女がなにに満足しているのかも、僕にはわかっていた。「駒鳥、お前、手慣れてるな」とかなんとか褒めてくる藤本さんと僕が、いい兄弟になる、とでも思っているにちがいない。

食後のお茶までもらい、帰宅を許されたときには、十時半になっていた。

「気をつけて帰れよ」

エレベーターの前まで送ってくれた藤本さんが言う。最初に泣き喚(なわめ)いたことなんてすっかり忘れ、ひたすら幸福な夜を過ごしたつもりになっている姉が、はいっ、と元気よく返事をする。

「最後にひとついいですか」

だが、僕がそう口にしただけで、姉は自分に不利益な発言が出ることを察したらしく、身体をこわばらせた。正解だ、と僕は思う。これだけ彼女の暴走に付き合ったのだから、僕だってこの程度の反撃くらいは許されるはずだ。

なんだ、というふうに首をかしげた藤本さんに、僕は言う。

「姉に、今後は煙草を吸わないように言っていただけますか」

「亜門！」

前科でもバラされたかのように狼狽(うろた)えて、彼女は藤本さんを見上げた。「家に置いているだけで、そんなに吸いません」と弁解する。嘘が下手なのは彼女だっておなじことだ。面白がるような藤本さんの視線が、ゆっくりと彼女に向けられる。じっと見つめられて、姉が顔を赤くしたのが、僕にはわかった。

「身体に悪いから、煙草はもうやめなさい」

「──わかりました」

蚊の鳴くような声で彼女が応じる。やや酔っ払っている藤本さんはけらけら笑い、エレベーターに乗り込む僕らに手を振って、おやすみ、と微笑んだ。この人が家族になったら……と、僕は一瞬だけ想像する。

「ひどい」

二人きりになると、姉はすぐに抗議した。

「今夜ひどい目に遭ったのは、間違いなく僕のほうだと思う」

「自分こそ吸ったでしょ？　服ににおいがついてるのよ」

「姉さんのやつだよ」

「亜門は吸っちゃだめよって、何回も言ってるのに」

「そっちだってもう吸えないんだから、帰ったら捨てることだね」

姉の右手が、こちらの左手を握った。

唐突に、ぎゅっと。なつかしい、よく知っている感触がして、僕は隣を見下ろす。姉は囁いた。

「亜門がいてよかった」

エレベーターのドアが再び開いて、僕らは外に出る。

振り返ると、エレベーターの鏡に自分たちが映っているのが見えた。どちらかが幸せなら、どちらも幸せってことなんだろう、きっと。

砂が落ちきる

「結婚詐欺に遭ったんです。真野さん、助けてください」

そう会社の女の子に泣きつかれたのは、三十四歳になる誕生日のことだった。特になんの予定も入れていないとはいえ、終業時刻に帰ろうとした瞬間に、親しくもない後輩の愚痴に巻き込まれるというのは、さすがにどうなんだろうと思った。

坂下さんの話をまとめると、同棲して一年、いままで散々貢いできた彼氏の浮気癖が一向に直らないばかりか、「結婚はできない」と断言された、という内容だった。

「それは結婚詐欺なの?」

私は抑えた声で訊く。でも、どうせちいさな会社だ。オフィスにはまだけっこう人が残っていて、みんなが聞き耳を立てている状態だった。

「結婚詐欺ですよ」坂下さんは唇を尖らせる。「私、この人と結婚したいって、人生で初めて思ったもん」

「そうじゃなくて、彼はあなたとの結婚を約束した上で同棲を始めて、あなたにいろんな支払いをさせてから、結婚の意志はないと言い出したの?」

真野、お前は弁護士か。向かいの席の同僚が小声で突っ込んでくる。私は無視した。坂下さんはくすんと鼻を鳴らして首を横に振る。

「でも、私もう二十六だし、あっちは三十二ですよ。適齢期でしょう？　私、二十八歳になるまでには絶対結婚したいのに」

それを、三十四歳になったばかりの独身女に訴えるのは、なかなか図々しい。「か、花凜ちゃんは、どうして真野さんに言おうと思ったの？」私に気を遣ったらしい女性の先輩が口を挟む。同僚が「そうだよ、慰めてほしいなら真野じゃないだろ」と続いた。私もおなじ意見だった。坂下さんは仕事はできないし、私語が多いし、サボり癖まであるけれど、なんだかんだ愛されている。社長の知り合いの娘というよくわからない立場のコネ入社で、クビにできないから許すしかない、というのもあるけど、実際、なんとなく大目に見てしまうような愛嬌が彼女にはある。なにしろかわいい。花凜という名前がよく似合う華がある。悲しいことがありました、美味しいごはんが食べたいです、とでも言えば、男女関係なく、すぐにだれかが連れ出してご馳走してくれるだろう。

私はやらないけど。

坂下さんを嫌っているわけではない。坂下さんが、私と食事に行って楽しめるとは思えないからだ。

「だって真野さんなら、大丈夫だと思って」

「大丈夫って、なにが？」私は訊き返す。秘密を守る、とかいうやつではないのはたしかだ。この時点で、オフィスに残っている全員が話を聞いている。

「これから彼と会う約束しているんです。家じゃなくて、外で。今度こそ出ていってほしくて。いままでも何回か頑張ったんですけど、だめなんです、ひとりだと、流されちゃって……。だからいっしょに来てほしいんです。真野さんなら、どんなこと言われても絶対に騙されないで、彼を追い出してくれるでしょう?」

ああ、なるほど、というのが周囲の反応だった。「それはたしかに真野が適任だな。魔の真野」と同僚が深く頷く。日頃の恨みが詰まっている口調だ。

「今日?」

私は返した。

「いまからなんです」

坂下さんがぎゅっと手を握ってくる。甘い香りがした。「お願いします。なんでもお礼しますからあ」大きな瞳が涙できらきらして、ポメラニアンみたいでかわいかった。ここで手を振り払って帰ったら、ただでさえ融通の利かない経理として評判の悪い「魔の真野」は、今後大魔王みたいな扱いを受けることだろう。

「いいけど、別に……」

オフィス全体が、よかったね花凜ちゃん、という空気になった。真野さんって優しいね、とはならないのは、きっと私の日頃の行いのせいなんだろう。

坂下さんはそれから半年後に寿退社した。彼氏と別れた後、「パパの紹介で知り合ったお医者さん」とのお付き合いが順調に進み、婚約に至ったのだそうだ。最終出勤日の時点で二十七歳だったから、彼女のステータスは、目標達成見込み、ということになる。会社の人たちはそれなりに寂しがったものの、彼女のことは「いい家にもらわれていくまでみんなで面倒をみている仔犬」的な扱いだったので、花束を用意して盛大に祝福した。坂下さんは大泣きして、だれ彼かまわず抱きついて回り、私には「真野さんのおかげです」とロイヤルコペンハーゲンのペアマグカップをくれた。

「あの人とはもう連絡取ってないの？」

最後に私は訊いた。

「へっ」彼女は目を丸くしてから、「ヒロくん？」と首をかしげる。

「そう」

「取ってません。真野さんに言われたとおり、連絡先消してよかったです。本当に、ありがとうございました！」

連絡先を消せと言ったのは私ではなく、ヒロくん——成田光洪——本人だ。でも、私は「ならよかった」と返すにとどめた。

「お幸せに」

「真野さんも、絶対幸せになってくださいね」

冷たくてちいさな手で私の手を取って、彼女は言った。こういうのを心から口にできるところが坂下さんの美点だった。彼女は三月末付で退職し、一ヶ月ほど経ち、ゴールデンウィークを迎える少し前、私は成田光洪に電話した。番号は彼自身に渡されたもので、「もし俺のことでまた花凜に困らされたら連絡して」と言われたのだ。そんな事態に陥ることはなかったので、使うのは初めてだった。

出ないかもしれない、と思った。

友人以外にプライベートで電話すること自体、下手すれば数年ぶりだったので緊張した。土曜日の夜、ベッドの上でコール音を聴きながら、出ないでもいい、と私は思った。出ないでほしい。いや、出てほしい。

「――もしもし」

四コール目で相手は出た。電話越しだからだろうか、覚えている声よりも低く感じた。私は息を止める。うまくいくと思っていなかったイタズラが成功してしまった、みたいな気持ちだった。

「もしもし?」成田光洪が繰り返す。

「もしもし」私はようやく答えた。

「あ、はいはい、どちらさん?」

「私、真野と申します。半年ほど前に一度お会いしたんですが、覚えていらっしゃるでしょうか。坂下さんの付き添いで――」

「ああ、花凜の上司でしょう? 覚えてるよ」

上司ではない。

頭の中だけで突っ込んだ。彼は外にいるらしく、背後がなにかざわざわしている。だけど口調はゆったりしていて、会って半年経って「元カノの上司」から電話がかかってきたことを訝っているふうでもない。私は息を吸った。

「あの、近々どこかでお会いすることはできますか」

断られるだろうか。いや、まず用件を訊かれるだろう。「また花凜がなにか?」「いえ、なにも」「じゃあなんで?」当然の流れだ。できれば直接お話ししたいんですが……。そう返そうと思っていた。

「いいけど」彼はあっさり言った。「いつ?」

私は慌てて壁にかかっているカレンダーを見た。そこに予定でもあるかのように。

「いつ、でも……。平日は六時に仕事が終わるので、それ以降なら」

「いつでもいいの？」彼は少し笑ったようだった。「いまからでも？」

「えっ」

時計は八時を示している。夜の八時だ。いまから？　最短でも明日だろうと思っていた。

「じゃあ、明日は」

こちらの動揺を見透かしたように言い直される。私は頷き、「大丈夫です」と声に出した。

「このあいだのカフェにする？」

会ったのは一度きりなので、つまりは坂下さんと三人で対面した店ということだ。女と別れ話をした場所。別にいいけど。成田光洪も、そういうのを気にしそうなタイプには見えなかった。それにたしかに悪くないカフェだった。テーブル同士がほどよく離れていて、混んでいるから隣の席の話し声も聞こえない。ちいさな音量で、一昔前にヒットした洋楽が延々かかっていた。

「はい」

「六時とか？」

「わかりました。伺います」

ふっ、と彼は笑った。

「仕事の打ち合わせみたい。じゃ、また明日」

返事をする間もなく電話は切れた。

──仕事の打ち合わせ。

私の口調が硬いのを揶揄したんだろうけど、ある意味で、それは正しい。私はスマホを放り出し、テーブルのワイングラスを手に取る。赤ワインが入っている。これも数年ぶりに、家で飲む用に買ったのだ。電話をかける前に二杯飲んでいたものの、緊張のせいかまったく酔うことはできなかった。また一口飲んで、グラスを置く。立ち上がって姿見の前に立つ。

休日の夜に異性と二人きりで会うのは、これはもう数年ぶりどころか、大学生のとき以来だ。どんな恰好をしていこうかと、ひさしぶりのアルコールで赤らんだ自分の顔を眺めて考える。前回は会社帰りにそのまま連れていかれたので、ごく普通のオフィスカジュアルだった。一粒ダイヤのネックレスをしていた。誕生日だったから。ハタチになったとき、母が「素敵な人と食事に行くときに使いなさい」と言ってくれたものだった。そんな機会はなく、ずっとしまい込まれたままのネックレスが不憫で、ときどき外に出してやるようにしているのだ。

クローゼットを振り返る。

近所に出かけるときの服を除けば、私が持っているのはすべてオフィス用だった。ゆいいつあるワンピースは喪服だ。買ったときに店員が「ジャケットや小物で遊べば普通のワンピースとしてもお使いになれますよ」と言っていたのを覚えてはいるけど、私には喪服にしか見えないし、そもそも祖父母の葬儀に着ていった服を普通のワンピースとして使いたがる人間が世の中にはいるんだろうか。友人の結婚式や披露宴に着ていったドレス類は、いつかぜんぶ捨ててしまった。最近はパンツスーツで通している。

息を吐いて、まあ、オフィスカジュアルで行くしかないよな、ということになる。

仕事の打ち合わせみたい。

短く苦笑してワインに戻る。立ったままグラスを空(あ)けてから、姿見の脇に置かれた伊勢丹の紙袋に目を向けた。中からロイヤルコペンハーゲンの箱が覗いている。開けてまた戻したのだ。マグカップは可憐で美しかった。この部屋にはまるで合わなかった。

カフェに入ったのは五時半を少し過ぎた頃だった。

前回は坂下さんについてきただけだったので、なんとなくしか場所を覚えていなかったけど、無事に着いた。待ち合わせです、と店員に伝え、奥の席に通される。カフェタイムが終わった直後だったからか空いていた。私は本日のコーヒーを頼む。店員が白いカップを運んでくる。

ゆっくりと一口飲んで、カップを置いた。

ネイルすらしていない自分の手を見る。けっきょく、仕事の日とまったくおなじ恰好で来てしまった。例のネックレスをつけているくらいだ。化粧も普通、髪だっておろしていない。洒落たアレンジなんてできないし、いつも結んでいるので、顔の周りをふわふわされると落ち着かないのだ。

成田光洪は本当に現れるんだろうか。それも定かではない。

あの男と会ったのは半年前、ほんの数時間だけだ。坂下さんが「結婚詐欺師」と繰り返すから、スーツ姿の胡散臭いほど爽やかな男を想像していたけど、そんなことはなかった。背は高かったものの、少し伸びすぎた黒い前髪のせいか、性格は一見暗そうだった。濃いグレイのシャツにジーンズというカジュアルな服装で、カバンもなにも持っていなかった。店に入ってくるときょろきょろし、坂下さんを、次にその隣に座っている私を見つけて、かすかに眉をあげ、微笑んだ。一瞬前の真顔との差がすごかった。同棲している彼女から呼び出されて来てみれば、見知らぬ付き添いの女がいた、という状況なんて慣れっこだ。そういう類の笑みに見えた。

彼はアールグレイを頼んだ。坂下さんは私と打ち合わせたとおり、別れてほしい、部屋からも出ていってほしい、ということを、涙を堪えながら懸命に訴えた。恐れていたような修羅場にはならなかった。私はてっきり、彼が坂下さんを生活費目当てに都合よく扱い、懇願しても頑として出ていかないのかと思っていたのだ。でも、二人の会話――主に坂下さんが話し、成田光洪は紅茶を飲みながら「うん」「そう」と相槌を打つだけ――から読み取るに、そもそもの始まりは坂下さんが熱烈にこの男を好きになり、ちょうど別の女の家を追い出されて新しい住居を探していた相手を半ば強引に自宅に引き込み、どうにか自分だけのものにしようとあらゆる手を尽くしたものの玉砕した、ということらしかった。彼女はたしかに都合のいい女だったが、成田光洪の周りではそうめずらしい存在でもないようで、坂下さんの提案を受けると「それがいいと俺も思うよ」と彼はすんなりと同意した。「やっぱり寂しい」とか「行くところがなかったら出ていくのは月末でもいい」とか縋りつくのは坂下さんのほうだった。つまり彼女は、自分で自分に流されて、いつまでも同棲解消に行き着けなかったのだ。だから私の役目は坂下さんを止めることだった。ちがうでしょ、今日こそ別れるためにここに来たんでしょ。最終的には、私と成田光洪が協力し合って彼女を諦めさせた。「花凜はどうせメールとか電話とかしちゃうから」連絡先も消そう、と言い出したのも彼で、「私にはできないので真野さんやってください」と泣く坂下さんのために、私が実行に移した。その後三人で彼女のマンションに行き、広くて綺麗でいい匂いのするその部屋で、私は成田光洪の荷造りを見守った。一年ちかく住んでいたというわりに十分程度で終わり、彼は二泊三日の出張にでも行くような身軽さで、ちいさなボストンバッグ片手にいなくなった。

なるほど、本当に性質の悪い男とはこういうものかと、私は珍種の動物でも発見したような気持ちだった。

顔はよく覚えていない。整っていた、という気がするけど、坂下さんがあれだけ夢中になるのに納得できるような印象はなかった。特徴があるとすれば笑い方で、滅多に笑顔を見せない人がいま初めて笑ってくれた、と錯覚してしまうようななにかがあった。

コーヒーを飲み干す。

腕時計を見ると待ち合わせまで十分だった。一度お手洗いに立って、洗面台の鏡を見る。人の容姿をどうこう言えるほどのものではない。重たくて長い黒髪、やや頬骨の出た顔、鎖骨も目立つ。高校生の頃、文化祭のお化け屋敷で幽霊役をやらされた。ただ白い着物を着るだけでよかった。それだけ肌が蒼白くて骨張っていて、笑わずに立っているだけで怖かったのだ。化粧をしているからいまは多少マシかもしれないけど、根本的には変わっていない。

手を洗って戻ると、「あ、いた」と声がした。

ちょうど来たところらしい成田光洪が立っていた。


腕時計を確かめる。六時五分前。来ないかもしれない、少なくとも待たされるだろう、と思っていたので意外だった。彼は向かいに腰をおろしながら、私のカップにちらりと視線を向ける。

「ここで話すの？　どっか行く？」

今日は、紺色のスウェットにベージュのパンツという服装だった。伸びすぎたような黒髪も、手ぶらなのも変わっていない。仕事のことは坂下さんが言っていた「ウェブ関係」ということしか知らないが、たぶん日曜日は休みなんだろう。

「真野さん？」

目が合った。どうしたの、と問うような顔で、彼はこちらを見ている。

「とりあえず」固まっていた私は声を出した。「ここでいいですか」

彼は微笑んだ。

水を運んできた店員に、ダージリンを、と彼は言った。私はコーヒーをもう一杯頼んだ。仕事の打ち合わせ。自分を落ち着かせる呪文のように、心の中で唱える。

「いきなりお呼び立てしてすみません」

「いいえ。花凜のこと?」

「ちがいます」

成田光洪は驚かなかった。あそう、と言って、リラックスした様子で足を組む。店員が戻ってきて、コーヒーと空のティーカップ、ちいさなポットと砂時計を置いていった。私はその砂が落ちきるまで一分ほど黙っていた。彼も口を開かなかったが、なにか楽しそうにしているように見えた。あるいは、私自身に余裕がなさすぎて、そう感じただけかもしれない。

やがて彼は、ゆったりと紅茶を注ぎ、砂時計をひっくり返した。薄い緑色の砂が、またさらさらと落下を始める。

「どうして……」私はつぶやいた。

「見てるのが好きだから」彼はすぐに答えた。「それで?」

気軽な口調だった。私は覚悟を決めて、目の前の男の人を見た。

「坂下さんとは関係のないことであの番号を使ってすみません。今日はあなたに依頼したいことがあってご連絡しました」

「依頼」彼は復唱して、カップに口をつける。

「はい。ただ本題に入る前に、お伺いしたいことがあるんです。プライベートなことだとは承知しているんですが……」

「どうぞ」

「いま、お付き合いしている方はいらっしゃいますか」

彼の表情が少しだけ動いた。不思議そうにまばたきする。

「依頼？」

「依頼です」

「いない」

「あの……、あなたはそうだとしても、女性側は付き合っているつもり、というケースはないですか。いっしょに住んでいる方がいるとか」

怒られるかもしれない、とは思っていなかった。かなり不躾な質問だとは理解していたものの、前回ここで繰り広げられた会話の内容を考えれば、突飛とは言えない。それに私は、少なくとも女性関連の話題において、この人が腹を立てるところを想像できない。

案の定、彼は微笑んだ。

「いないよ」

「……」

「信じられない？」

彼はスウェットの左袖をたくしあげた。手首から肘のあたりにかけて、まっすぐ赤い傷跡がある。私が息を呑むと、彼は軽く肩をすくめて袖を戻した。

「一ヶ月くらい前かな、知り合いの女の人に刺されそうになって。幸い浅い傷で済んだけど。でも、少し疲れたから休んでるところ。ひさしぶりに、自分でちゃんとマンション借りてさ」

犬に嚙まれちゃってね、程度のトーンだった。彼は紅茶に手を伸ばす。視線が向けられた先にあるのは砂時計だ。睫毛は長く、右頰にちいさなほくろがある。見つめすぎている、と気づいて私もコーヒーを飲んだ。

彼女はいない。前提として、それが必要だった。いまも坂下さんみたいな女性が傍にいるなら、その人とトラブルになることは避けたいと思ったからだ。クリアしてしまった。私は自分が「依頼」するほかない状況になったことに驚く。なにかもっと——具体的にはわからないけどもっと——複雑な事態になる予感がしていたのに。

「真野さん？」

「はい」

「彼女がいたほうがいい話だったの？」

「いいえ」

彼の唇の端があがる。よく笑うのだ。それなのに毎回、新鮮なものを見ている気持ちになるのが不思議だった。

私は俯き、色のない自分の爪の先を見る。仕事の打ち合わせ。仕事の依頼……。

「突拍子もないお願いなので、無理ならもちろん、かまいません。このまま解散して、ここは私がお支払いして、今後私が連絡することは一切ありません」

「うん」

「依頼なので」声がやや掠れた。「受けていただけるなら、五万円お渡しします。もし安いと思ったらおっしゃってください。相場がわからないもので」

彼はじっとこっちを見ている。私は、自分が職場で恐れられているような無表情であることを願った。息を吸い込んで、とうとう口にする。

「一晩あなたを買いたいんです」

三秒ほどの沈黙が、永遠のように長かった。

生理的な嫌悪がちらりとでも浮かんだら、謝って立ち去ろうと思っていた。見当たらなかった。私はほとんど睨むように彼の顔を見つめる。成田光洪は笑いを堪えているらしく、目を細めると、一度唇を噛んだ。

「あの、俺そんなにひどい真似はしたことないんだけど。ひどいっていうか――」彼は左手で口元を覆った。「一晩だけとかはあるにしても、金取ったことは……。っていうか、やるってことだよね？」

私は頷いた。恥ずかしがってはいけない。こういうのは、恥ずかしいと認識した途端に恥ずかしくなるのだ。婦人科検診みたいなもので……。事務的に捉えれば……。

「だから正確には、一晩ではありません。もっと短い時間で済むと思います」

「いや、それにしても、なんで普通に……。ほら、たとえばこのまま食事に行って、その後いい雰囲気のバーにでも入って酔っ払ってから誘われたら、俺たぶんほいほいついていったと思うよ。そんな大金支払わなくても」

そういうものなんだろうか。そうなのかもしれない。私は彼の顔を見て、前もこうだった、と思い出した。この人は坂下さんにもこういう話し方をした。だから、早いところ出ていかせたほうがいいって言っただろ。あのとき終わらせておけばよかったのに……。自分のことを、他人みたいにして話すのだ。別にどうなってもかまわない他人みたいに。

「そんなスムーズにはいかないと思います」

「そう？」

「したことがないからです」

彼は首をかしげた。

「どのパート？　二人きりの食事？　バー？　誘うところ？　その後？」

「食事はあります」かろうじて、大学生の頃に。「あとはぜんぶありません」

笑われるかもしれないと思った。成田光洪は笑わなかった。へえ、という顔をすると、カップの中身を飲み干して、「食事行かない？」と続けた。

「いまですか？」

「腹減った」

「待ってください、なら私が……」

「うん。ここはいいから、飯おごって」

彼は伝票を掴んで会計に行く。私は慌ててバッグを持って立ち上がり、テーブルを振り返った。忘れ物は——、ない。だけど違和感があった。数秒考えて、砂時計がない、と気づく。あんな話をしている最中に店員が回収に来たら覚えているはずだ。

「真野さん」

名前を呼ばれた。私は彼の押さえるドアから外に出る。ちょうど陽が落ちようとしていて、暗くなりつつある街中に急に立たされた私は、なにかに化かされているような気になった。店にいたのは一時間程度だったのに、その倍は経った感覚がする。

振り返ると成田光洪が立っていた。彼は近づいてくる夜の空気に動揺しているようには見えない。当たり前だ。きっとこの人にとっては、夜に異性と出歩くことなんて日常茶飯事だろう。

「食えないものある？」

私が首を横に振ると、彼はにっこりとした。

連れていかれたのは、雑居ビルの地下にある、いかにも大衆的な居酒屋だった。高級寿司でも選ばれたらどうしようと警戒していたので拍子抜けした。個室に通され、掘りごたつ式のテーブルに向かい合って座る。こういう居酒屋が共有している、この猥雑とした雰囲気はどこからくるものなんだろう。まだ六時台なのに、どこからか、すでに出来上がった人たちの叫び声がする。大学に入り、新歓コンパで初めて居酒屋という場所に足を踏み入れてからずっと、私はこの手のお店が苦手だった。

成田光洪は気にならないようだった。これにも慣れているのかもしれない。私の慣れていないものすべてに、この人はきっと慣れている、という予感がした。

彼はビールを、私はウーロン茶を頼む。

「飲めない人?」

店員が去ってから成田光洪が訊く。

「飲もうと思えば飲めます」

「酔うとどうなんの」

「どうにも。眠くなります」

ドリンクとお通しが運ばれてくる。彼はメニューを開いてもいなかったけど、シーザーサラダと焼き鳥の盛り合わせ、フライドポテトに卵焼きを頼んだ。

「よく来るんですか?」

「たまに。別に美味しくないんだけど、来るのが早いの」

そのとおりだった。テーブルには十分ほどでオーダーしたものがすべて揃った。私は外食をほとんどしないので、そういう観点で店を選ぶのは新鮮だった。彼が「いただきます」と手を合わせて料理に箸を伸ばす。私はフライドポテトを一本食べた。フライドポテトの味がする。

「処女ってこと」

成田光洪は言った。

その話をするために、わざわざ個室に連れてきてくれたんだろうか、と思った。

「そうです」

「それならなおさら、ちゃんと……、大事にしたほうがいいんじゃないの」

「大事なものではないので」

彼はなぜか微笑んだ。会って二回目の男にこんな話をしていることに少しくらくらして、私はボタンを押して店員を呼んだ。梅酒の水割りを頼む。成田光洪はハイボールを追加した。魔法のような素早さで両方が運ばれてくる。私は自分が奇妙な夢をみているような感覚に陥る。

「私、今年で三十五歳になるんです」一口飲んでから私は言った。

「いつ？」

「九月に。それで少しびっくりして。このままいけば、本当にずっと、死ぬまでこのままなんだって。だからTO　DOリストみたいなものを作って――」

「バケットリスト」

「え？」

「っていうんじゃなかったっけ。英語で。死ぬまでにしたいことリストでしょ」

「そんな感じです」

「処女を捨てるのがその筆頭なの」

「筆頭というか……」

呼び水、と言ったほうが正確なんじゃないか。つまらない。本当になにもない。どうにかしたいと思ったときに、最初に壊したかったのがそこだったのだ。そうすればもっと、自分をぞんざいに扱える予感がした。

なにも大事になんてしていない。ただこうなっているだけだ。

「……五十歳でするのも大変かと思って。五年ごとに目標を立てて、ひとつずつ消していくんです」

「じゃあ、四十歳までには？」

私は黙った。一応決まってはいたけど、言いたくなかったのだ。他人から見れば馬鹿らしいほどにちいさなことしか思いついていなかったから。彼は追求しなかった。「なんで俺にしたの」と首をかしげる。倫理観が狂っていて話が早く済みそうだと思ったから、とも言えない。

「職場以外で人に知り合う機会がなくて。以前のやり取りを見て、手慣れていそうだったので」

「断ったらどうなるの」

「……ほかの候補を考えます」

「いるの？」

いない。いたら、こんな話にはなっていない。

「プロに頼むことも考えたんですけど」

彼は目を丸くした。

「風俗ってこと？　女の人にもあるの？」

「あるみたいです。でも、本番まではしないようで」

「ほんと？　頼めばやってくれるんじゃないかな」

「違法です」

ならだめだな、と彼はつぶやく。そんなことは微塵も思っていないような口調で。

「っていうか、極端じゃない？　マッチングアプリとかいろいろあるでしょう、いま」

「恋愛がしたいわけではないので。……でも、あとは私の問題なので、大丈夫です」

「なにが？」

「断っても」

ああ、と彼は唇の端をあげた。「断ったわけじゃないよ」

沈黙がおりる。私はフライドポテトを食べた。もはやなんの味もしない。成田光洪は会話が途切れたことを気にするふうもなく、順番に皿を空にしていき、さらにお茶漬けとスイートポテトを頼んだ。綺麗に食べる人だ、と私は思う。

「真野さんは？　なにもいらないの？」

「大丈夫です」

「お腹空いてなかった？」

「はい」

「お酒の追加は？」

「いりません」

家に帰ったらなにかつまむことになるだろう。帰りたかった。あのなにもない部屋に。でも、あのワンルームに戻った瞬間、どこかに行きたくなることも知っていた。いい加減、坂下さんからもらったマグカップをどうにかしなければならない。使わないならせめてどこかにしまわないと。あてつけみたいに出しっ放しにしておくのではなくて……。

「真野さんって、目の前にいても、ひとりでいるみたいな顔するね」

私はびくりとした。成田光洪がこっちを見ている。食事は終わったらしい。

「すみません。ぼんやりしてました」

「お金はいらないからさ。代わりに食事五回でどう。今日もカウントするとしてあと四回」

「――それは」唐突に本題に戻されて、私は困惑した。「どうして……、食事？」

「考えたけど、さすがに現金もらうのは嫌だなって」

「物のほうがいいってことですか？」

「ううん、あと四回、飯行くのがいい。いいじゃない、別に、ヒマなんでしょ」

否定できない。

彼は店員を呼び出し、お会計を頼んだ。店員が伝票を持ってきて、成田光洪がこちらを見る。私は思い出して、財布からクレジットカードを出して渡した。財布を戻すとき、バッグの中の茶色い封筒が目に入った。五万円。話が進んだときのために持ってきていたのだ。この封筒を使うか、使わないか。それしかないと思っていた。今日この後か、後日でもいいけど、それでも二回で終わるはずだった。

「キスはしたことあるの？」

カードとレシートを戻してきた店員がいなくなると、成田光洪は立ち上がりながら訊いてきた。

「ありません」

私は答えてしまう。そこまで言うつもりはなかったのに。それくらいは嘘をついてもバレないだろうに。今度こそ引かれるかと思ったが、彼は黙って靴を履いた。私はまた癖でテーブルを振り返る。忘れ物はない。

「あの」

「ん？」

「さっきのお店で、砂時計……」

「ああ」

彼は眉をあげた。「忘れてた。よく気づいたね」廊下に立つと、彼はポケットから砂時計を取り出した。私は成田光洪の手の上でゆらゆら揺れるそれを見下ろす。ガラスの中で砂がさらさらと移動する。

「盗ったんですか」

「そう」

「どうして……」私は見上げる。わからないことがたくさんあった。ひとつだけを選んで口にする。「どうして、あと四回も、こんなことを」

「さっさと終わらせたかった？」

「はい」

「残念だったね」

またた。まるで他人事みたいだ。

彼は手品師みたいな手つきで砂時計をポケットに戻し、さっさと出口に向かった。私は雑然とした廊下に取り残される。団体客たちの笑い声が遠くで聞こえた。べたべたとした床と、揚げ物の匂いが染み付いている壁。お腹が空いた、と急に思った。とてもお腹が空いている。チープな梅酒のせいで口の中が甘ったるい。

　廊下の先を曲がって見えなくなった成田光洪が、一歩戻ってきてこちらを確かめた。私はぱたぱたと追いかけた。階段をあがって外に出ると、繁華街はさっきよりも夜が深くなっている。行き交う酔っ払いにスーツ姿が少ないのは、今日が日曜日だからだろう。腕時計に目をやって、八時だ、と確認したとき、首筋になにかが触れた。

　私は反射的に飛び退る。

　顔をあげると、成田光洪は右手を引っ込めてかすかに笑った。

「今日するのは、絶対無理だったでしょ」

「いまのは、突然だったので……」

「でも、俺がどれだけ時間かけても、痛いのは痛いと思うけど」

「それは別にいいんです」私は落ち着こうとして額に手を当てる。「待ってください、まさかそのために四回も──」

「いや、それもあるけど。でも、俺もそのほうが面白そうだから」

　なにか反論したかった。うまい台詞は浮かばなかった。首筋と頰の境目あたりに、まださっきの感触が残っている。他人の皮膚、他人の体温。鳥肌が立っていた。嫌悪というよりは、未知のものに触れたときの警戒、のような。

「次はゴールデンウィークかな。またね」

　片手をあげると、彼はそのまま人混みに消えた。


　その週の木曜日は祝日で、金曜日に平日を挟んではいたものの、有休を取っている人にとっては翌週の水曜日まで続く長いゴールデンウィークの始まりだった。成田光洪から電話があったのは木曜日の夕方だ。いつ空いてる、と訊かれたとき、私は「いつでも」と答えるしかなかった。自分になんの予定もないことを恥じてはいないけど、口に出すと多少虚しくは感じる、と思いながら。

「じゃあ今夜」

前回ほどの驚きはなかった。この人はそういう人なのかもしれない。今日にならないと今日のことを決められない。あるいは、決めない。

「大丈夫です」

「どっか行きたいところある?」

「レストランですか?」

「なんでも」

「ありません」

「なんにも?」

はい、と返しながら、私は窓に目を向けた。空はよく晴れている。いままで、自分に行きたい場所がないことを口に出す機会すらなかったんだなと気づいた。休日に会うとすれば数少ない友人くらいで、それだって月に一度程度だ。みんな結婚しているのでランチになる。みんな子連れなので子どもがいても入りやすいところになり、その候補先を持っているのは向こうなので、私は指定されたお店に行くだけだ。子どもを置いてくるときは、「家族連れだと行けない」と彼女たちの言う場所になる。ちょっと高級なフレンチとか、ホテルのアフタヌーンティーとか。それも決定権は私にはない。「真野は独身だから好きなときにどこでも行けるでしょ」そのとおりだ。

どこにも行かないことだってできる。

「七時でいい？」

「どこに行けばいいですか」

車で、という意味だろうか。「それか、ああ、会社でもいいよ」彼は付け足した。

「会社は休みですよ」

「場所覚えてるから」

私は伊勢丹の紙袋に視線を向けた。

「現地集合でもかまいませんが」

「現地集合」短い笑い声がする。「じゃあ、会社前の、セブンの駐車場ね」

電話は切れた。この人と話をしていると、半分くらいしか言葉が通じていないような気がしてくる。そもそも、なぜあと四回も食事をしなくてはならないのか。お金目当てとは思えない。店の選択がこちらに投げられているし、前回だって二人で一万円にも届かなかった。もしかして恋人ごっこでもするつもりなんだろうか。私になんの経験もないことを憐れんでいるのかもしれない。いいのに。私はそれも恥じてはいない。この身体がだれにも侵されていないことも、私の時間がすべて私だけのものというのも、悪いことではないと思う。漠然と虚しいだけで。

六時に出れば間に合うから、あと一時間ほど余裕があった。

私は立ち上がって、夕食にするために解凍中だった豚肉を冷凍庫に戻した。行きたい場所のひとつも咄嗟に挙げられない自分のことを、つくづくつまらない人間だと思いながら。

夜に出社、というか、出社するときとおなじルートを辿る、というのは、奇妙な感じがした。朝の電車はもっと混んでいるし、言葉は交わしたことがないにせよ、よく見かける人というのが一定数いる。この時間だと席はがらがらで、知らない人ばかりで、なんだか間違った場所に連れていかれるような気になった。私は座らずに、いつもとおなじ車輌の、いつもとおなじドアの横に収まる。窓越しにだんだん暗くなっていく空を眺めて、夜に男の人と食事するために出かけるなんて、らしくない、と思った。こんなはずではなかったのだけど、いつからなにがこんなはずではなかったのか、というのが、最近の私はもうわからない。

七時五分前にセブンに着いた。駐車場に停まっているのは深緑色のハスラー一台だけで、成田光洪は脇に立って煙草を吸っていた。電子煙草だ。この人が時間を守ることに、私は毎度驚いてしまう。坂下さんと会ったときをふくめて、遅刻されたことなんて一度もないのに。ろくでもない人間はみな時間にルーズだという偏見が自分にはあるのかもしれない。

「会社帰りみたいな服だね」

煙草をしまいながら彼は言った。

「ほかに持ってないんです」

「ワンピースとか？　一着も？」

「喪服しか」

「似合いそう」

わざわざ助手席まで回って彼はつぶやいた。「ありがとうございます」と私は返した。ドアを開けてくれたことへのお礼だったが、喪服が似合いそうだというコメントに反応したように聞こえたかもしれない。

ちいさな音量でラジオがかかっている。車内は綺麗だった。そもそも物がほとんどなかった。カップホルダーにセブンの紙コップが入っているくらいだ。紅茶だろうか。

「これ、俺の車じゃないの」

「だれのなんですか?」

一瞬、女の人が出てくるのかと私は身構えた。

「カーシェアリング」

「どこか行きたいところがあるんですか?」

「ない」

目が合う。この人といると、言葉がぜんぶ、意味をなくしていくみたいだ。

十秒くらい沈黙が続いた。成田光洪は、やはりなにかを面白がっているような目をしていた。薄暗い車内で彼を眺めて、女性たちがこの人に落ちていってしまうのは、みんな話すのが面倒になって寝たほうが早いと悟り始めるからかもしれない、と思った。処女の私ですらそう感じるんだから、経験のある人ならなおさらなんじゃないか。

「理想のファーストキスの場所とかないの」

「ありません」

「観覧車とか、海辺とか、水族館とか」

私は鼻で笑ってしまった。どこかで観たことのある映像が頭の中で流れ出す。映画やドラマの一場面たち。

「あの、もしかしたら気を遣ってくださっているのかもしれませんが、私は別に少女マンガのようなことがしたいのではなくて――」

「セックスがしたいんだったね」

「……処女じゃなくなりたいんです」

彼はカップに手を伸ばして一口飲んだ。

「じゃあ、いま後部座席で押し倒してなんの前戯もなしに挿れて抜いたら、それでいいの。相当痛いと思うけど」

私は眉をひそめた。いい悪い以前に、いつだれが通るかもわからない場所でそんなことをするのは犯罪なんじゃないかと思ったのだ。それでいいの？　よくない。憧れのシチュエーションなんてないとはいえ、ノーマルから著しく逸脱したいわけでもない。

「場所は選んでください。つまり、最低限、人目につかないという意味で。前も言いましたが、痛いのはわかっています」

成田光洪はハンドルに額をつけて笑い出した。声は漏らさず、俯いて、身体を震わせて。静かに爆笑する人だ。それは五秒くらいで終わった。彼は息を吐いてエンジンをかけると、バックする前にこちらを見て、ついでみたいにキスをした。なんの前触れもなかったので私は驚いて、反射的に身を引き、頭をシートにぶつけた。

短かった。すぐに離れた。唇は濡れていた。紅茶の味がした。

ドライブしよう、と彼は言った。


「昔はなかった？　理想のファーストキスみたいなの。デートで行きたい場所とか。いまはないにしても、もっと前、中学生の頃とかだよ。まだ純粋だった頃」

車は首都高を走っていた。きらきらした都会の夜景に、私はあまり心動かされない。人工的な光が無数にあるだけで、見方によっては憂うつな景色じゃないかと思ってしまう。隣にいるのが好きで仕方ない人だったら、もっとちがう感じ方をするんだろうか。あるいは、私にもまだ純粋だった頃があったとして……。

「真野さん？」

「ありませんでした」

「嘘だあ」

嘘かどうか、私は自分でわからない。中高生の頃は、いまよりも映画を観るのが好きだった。レンタルショップでＤＶＤを借りるときに、ロマンスを選ぶことだってあった。すごいな、という感想は抱いた。ただ洋画ばかりだったからか、こんなふうになりたい、と興奮した記憶はない。遠い国の、自分とは無関係なことのようにしか感じなかった。……本当に？　いまの自分がそう信じたいだけだろうか。あの頃の、いつも髪を三つ編みにしていた痩(や)せっぽちの女の子は、スクリーンの向こうの世界を夢みていたのだろうか。いつか自分もあんなふうに恋に落ちたい、と。

母のようになりたくない、という気持ちはあった。父とは私が小学生の頃に別れ、あとは好き勝手恋愛していた。考えてみれば、当時の彼女は、いまの私より少し歳上くらいだった。

二十年も前の話だ。

私は目をつぶる。時間の流れが信じられなかった。あれからいままで、一体なにをしていたんだろう。

「あるんですか？」

「え？」

「中学生の頃のあなたには、そういう理想があったんですか」

彼は前を見たまま首をかしげた。

「初めてキスしたのは小学校の卒業式だった。初体験は中一。理想っていうか、興味しかなかった。それで気になったらなんでもすぐに試す性格だった」

この人が中学生だった頃を思い浮かべようとした。きっと学年でも人気のある男の子だっただろう。私は男子に嫌われるタイプだった。当時から細かかった。掃除とか班の役割分担とかについて、うるさく注意ばかりしていた。

「想像とちがうなとは思ったけど」

「どんなふうに?」

彼は少し考えた。私はその横顔を見つめる。瞳に高速道路の光が反射してきらきらしている。彼は口を開けて、閉じて、横目をこちらに向けると苦笑した。

「わかんない。ああ、こんな感じか、って思った。ちょっとがっかりしたんだと思う。気持ちはよかったんだけどさ。ほら、口コミのめちゃくちゃいい映画観たときって、どれだけ出来がよくても、そんなふうにならない?」

窓の向こうを、青色の看板が流れて消えた。白い飛行機のマークが目に入る。

「このままだと、羽田に着いちゃいますよ」

「うん、そう」

「空港に行く気ですか?」

急に現実に引き戻されて私は訊いた。彼は肩をすくめる。

「いや、そこまでは考えてなかったんだけど、気づいたらこっちにいた。空港で飯にする? それとも飛行機に乗ってどっか行く?」

この人が言うと冗談に聞こえない。

「嫌ですよ。明日仕事なんです」

「なんで？　ああ、明日だけ平日なのか。有休取らなかったの？」

「取ってません」

「余ってるのにね」

そのとおりだった。少し考えてから、成田光洪が口を開く。

「じゃあ、そうだ、海ほたるに行こう」

「どこですか？」

「知らない？　アクアラインにあるパーキングエリア。観光スポットだよ」

「混んでるんじゃないですか」

そうかもねえ。どうでもよさそうに彼は頷いた。

「ならもっと先に行く？」

「どこに？」訊き返してから思い直した。「行きません。そんなに遠くには行かないでください。空港でごはん食べるのでいいですから」

彼は煙草を取り出しながら、もう遅いよ、と答えた。出口は過ぎてしまったらしい。私は助手席で黙り込み、いまさらながら、車の中というのは逃げ場がないと気づいた。この人がどれだけ無茶な行き先を決定したところで、連れていかれるしかない。

飛び立ったのか着地するところなのか、夜空に白く明滅する飛行機が見える。ここにいなくていいというだけで、私はその乗客たちを羨ましく思った。

目が覚めるとキスされていた。

私はぱっと覚醒した。成田光洪がちいさく笑って離れる。息遣いが唇にかかった。

「起きた？」

自分がどこにいるのかを理解するのに時間がかかった。フロントガラスの向こうには見慣れた景色が広がっている。――自宅マンションの前の道だ。車は路肩に停められ、彼は歩道に立っている。ドアが開いているから風を感じる。

「寝ぼけてる？」

「……ません」

「上まで送る？」

私は首を横に振った。シートベルトを外そうとしたらもう外されていた。「どいてください」と言った自分の声は掠れていた。彼が身体をずらし、私は車を降りる。癖で振り返ったけど、忘れ物を確認する前に、彼はドアを閉めてしまった。

「上まで送る？」成田光洪が繰り返す。からかわれている気がした。

「結構です」

「もう一回する？」

返事はしなかった。早足で立ち去り、オートロックのエントランスを抜ける。追いかけられることはなかった。当たり前だ。どうして彼に追いかける必要がある？　エレベーターに乗ってドアが閉まると、やっと少し落ち着いた。自分の部屋の階で降りる。廊下は静まり返っていた。もう十一時を過ぎているのだ。私はそうっと歩いていって、ドアに鍵を差し込む。

信じられないことに、あの男はアクアラインに乗って海ほたるを通りすぎ、木更津にまで出ていった。その時点で八時半だった。もっと信じられなかったのは、挙句のはてにどこにでもあるような安い回転寿司屋に入ったことだった。これなら東京を出る必要なんてなかった、と私が抗議すると、ほんとだね、と認めた。例の、なにを言ってもすべてすり抜けていってしまうような口調で。メニューを開けば「でもほら、地酒があるよ」と喜び、私が「いらない」と言っても聞かず、冷酒を頼んだ。私は飲んだ。飲酒運転をされたら困るからだ。

店を出たのは十時少し前だった。

車に乗り込みながら、たしかに眠気は感じた。アルコールのせいもあるし、そもそも私はいつも、十時台には寝ているのだ。こんな遅くに外出しているのは異例だった。でも、この人の横で寝たらどこに連れていかれるかわからないと思って、必死で起きていた。アクアラインに戻ったところまでは記憶がある。それでほっとして睡魔に負けたのかもしれない。途中で一度起こされて住所を訊かれたのだ、と思い出した。私は答えた。会社の前で降ろされて、電車に乗って自力で帰るのが、あのときは不可能に思えたのだ。

自分の部屋の照明をつける。

ぱっと明るくなった部屋の入り口に立って、なにかがいつもとちがうように感じた。部屋のほうもこの時間に活動することに困惑しているみたいな。床に座り込んでベッドに突っ伏し、このまま寝たい、という欲望と闘う。そして勝つ。負けたことはない。私はときどき、それすらも虚しくなる。

シャワーを浴びて鏡を見たとき、自分は今日キスをしたのだと思った。思っただけで、思い出してはいない。

十二時を回ってベッドに入ったのはひさしぶりだった。中学生の頃の夢をみた。

翌日会社を出ると、セブンの駐車場に深緑色のハスラーが停まっているのが目に飛び込んできた。成田光洪は外に立っている。寝不足でぼんやりしていた私は、昨日と今日の時系列が急にめちゃくちゃになった錯覚に囚われて数秒立ち止まった。そして見なかったことにした。だが、駅に向かって歩き出した瞬間にスマホが震え始める。しばらく無視したものの、私は最後には観念した。

「お疲れさま、真野さん」

電話の向こうの声は笑っていた。

「約束していませんよね」

「ピザが食べたくて」

「食べればいいじゃないですか」

「デリバリーのやつ。家行っていい?」

「疲れてるんです」

現在進行形で疲労は蓄積されている。この人と会話をしていると体力を消耗するのは、彼の言動があまりにもランダムだからか、それとも私がひとりでいることに慣れすぎていて、他人という存在すべてがだめになっているせいか、どちらだろう。

「今日はなし?」

「なしです」

「なんだ。じゃあ、花凛もそのうち出てくる?」

頭が真っ白になった。

振り返る。成田光洪は片手をあげた。この距離では表情までは窺えない。私はカバンにスマホを突っ込んで道路を渡った。彼はするりと運転席に引っ込む。

最後に見たとき――。

坂下さんは淡い花柄のワンピースを着ていた。大きな花束を胸に抱いて、幸福そうな笑顔を振りまいていた。

――真野さんも、絶対幸せになってくださいね。

運転席に近づいても、彼は首をかしげるだけで窓を開けようとはしなかった。助手席側に回る。彼が中からドアを開ける。乗り込んだのは、そのほうが会社の人に見られる心配がないと思ったからだ。

「坂下さんはもう辞めています」

勢い込んで私は言った。彼は、へえ、というように軽く眉をあげた。

「結婚?」

私は頷いた。頷いてから、言うべきではなかったかもしれない、と思い当たった。知らなかったなら、知らないままでよかったんじゃないか。少なくとも、私が伝えるのはおかしい。

助手席に浅く腰かけたまま、私はそわそわする。まだ陽が落ちていないから車内は明るい。走っているわけでもないのでいつでも降りられる。それなのに、罠にかかってしまったみたいな気持ちがした。成田光洪がじっと見つめてくるのも居心地が悪い。この人の、なにも考えていないようで、ときどきひどく鋭い光を帯びる茶色い瞳。

「したがってたもんな。よかったよかった」

自分にはまるで関係ないような口調だった。元々彼女はあなたとの結婚を望んでいたのに。墓穴を掘る予感がしたので、口に出すことはしなかった。「……じゃあ、失礼します」目を逸らし、彼に背を向け、ドアに手をかけて――。

「俺、まだ花凜の番号持ってるけど」

私が一番ダメージを受けるタイミングを違わずに、彼は言った。

逃げられるかと思ったのに。

振り返る。自分がどんな顔をしているかはわからなかったけど、それがなんであれ、この人に見られているのが怖かった。反応を試されているとわかっているのに反応してしまう。彼の唇の端が歪む。残酷な表情だ、と私は思った。

「なに。だめなの」

「だめです。消してください」

「嫉妬?」

そうではなかった。それはこの男だってわかっているはずだった。額に手を当てる。自分の感情についていけない。泣きそうになっていることも、脅されているように感じていることも、信じられない。私は彼女とぜんぜん親しくなかったのに。プライベートの付き合いなんて微塵もなかったのに。

「あの子の邪魔を、しないでください」

我ながら弱々しい声だった。彼はちいさく肩をすくめて、「いいけど別に、消しても」とつぶやく。

「今日はピザにしようね、真野さん」

男の人を家にあげるのは初めてだった。

友人ですら何年も来ていない。この部屋は、子どもを連れてくる場所として安全ではないし、退屈すぎるからだ。

「お邪魔します」

靴を脱いで成田光洪が言う。私は廊下を歩きながら、坂下さんのマンションを思い出していた。ここの倍ほどの広さがあった。どこにいても甘い香りがして、なんの匂いだろうと不思議だったけど、私の腕にしがみついてぐずぐず鼻を鳴らしている彼女にそんなことは訊けなかった。二人がけの、ふかふかの白いソファがあって、私は坂下さんとずっとそこに座っていた。

この家のソファは一人がけだ。布地は濃いグレイで、木の脚がついている。ベッドに背を向け、ローテーブルを挟んでテレビと向かい合う位置にある。ワンルームなので、あと大きい家具は本棚くらいだ。

「どうぞ」

ソファを示すと、彼は「いいよ俺、床で」と手を振った。まだどちらも立っていた。数秒の沈黙の後、彼は私の顔を見て、苦笑してソファに腰をおろした。

「そんなに怒らなくても」

「怒ってません」

少なくとも、この男に怒っているわけではない。苛立っているとすれば自分に対してだ。失望のほうがちかいかもしれない。自分の迂闊さが許せなかった。花凜もそのうち出てくる？　出てこないと思いますよ。そう返してひとりで帰ってくれればよかったのだ。動揺を見抜かれて、つけ込まれた。

カーディガンを脱いでかける。スマホを充電器に繋ぎ、弁当箱をシンクに出して水に浸けた。ついでに手を洗う。いつもの流れだ。それがだれかの視線に晒されていることが煩わしい。

「ピザ頼んでいい？」

キッチンのカウンター越しに彼を見る。ちいさなソファだ、と思った。私が座っているときはそうではないのに。

「お好きに」

「食べたいものないの」

彼はこちらを見て、「ないか」と息を吐く。

「ほんとに疲れてそうだね」

「寝不足に慣れてなくて」

「寝たら？」あっさりと彼は言う。「俺、人の家で放っておかれるの平気だよ」

「そうでしょうね」

口にした瞬間に、言葉の棘に自分でうんざりした。成田光洪は「怒ってる」とうたうように囁いただけだった。私はその場で立ち尽くす。自分の部屋なのに、居場所がないように感じた。

「シャワーを浴びてからじゃないと、ベッドは使えないんです」

「そういうルールなの？　じゃあ、入ってくれば」

彼はすでにピザを選んでいるようだった。私は部屋を見回す。なにかを探して――。見られたら困るものとか？　テーブルの上のパソコンは、パスワードがかかっているから開けられない。ほかには？　なにもない。それすらもないのか、私には。

財布から一万円を出して差し出した。彼が顔をあげる。

「食事代です」

「ありがとう。なんか飲み物ある？　キッチン触っていいなら自分でやるけど」

カウンターにティーバッグの紅茶を出して、やかんに水を入れて火にかける。それでやることがなくなった。

「いま、お湯を沸かしているので、あとは好きにしてください」

枕元にたたんでおいたパジャマを抱えると、いってらっしゃい、と彼に言われた。


シャワーは手短に済ませた。たとえ見られて困るものがないにしても、おなじ屋根の下に他人がいて、なにをしているかわからないという状況は落ち着かなかった。だれかと同棲するなんて一生無理だろうなと思いながら浴室を出る。そんな予定もないけれど。

洗面台で髪を乾かしながら、曇った鏡に映る自分を眺めた。

すっぴんだ。ここからなにか手を加えるべきか、と頭をよぎったものの、そんな気力はない。もともとたいして化粧をしていないから、落とした前後で劇的な変化があるようにも思えない。顔色が悪くなったくらいだ。

ドライヤーを切る。粘着式のクリーナーで落ちた髪の毛を掃除する。いつもどおり。いつもとはまったくちがう。そこに他人がいるというだけで、身体がなにかを警戒しているようだった。夜、異性を部屋に入れて、シャワーを浴びる。処女を失うためのステップを、一段クリアした気さえした。

階段だとしたら、これはくだりだろうか、のぼりだろうか。

どこに行くためのものなのか。

廊下との境目のドアを開けると、こもっていた湿気が出ていった。お風呂上がりの自分の匂いと、部屋から漂ってくるかすかな紅茶の香りを同時に感じる。

「おかえり」

成田光洪はソファでくつろいでいた。テレビをつけていないのが意外だった。「髪長いんだねえ」と言われて、この人の前で髪をおろしているのは初めてだと気づく。恥ずかしかったのは一瞬だけで、すぐにどうでもよくなった。ベッドに座って、壁に寄りかかる。彼は身体をねじってこちらを見る。

「寝るの？」

眠れるだろうか。疲れは感じるし、頭もぼんやりしているけど、この人がここにいて、布団に入って熟睡する自分の姿を、うまく頭に浮かべられない。

「ピザは頼んだんですか？」

「あと十分くらいだと思う。お腹減った？」

私は首を横に振る。数秒の間があってから、彼はソファをずらし、身体ごとこちらに向けた。

「結婚したんだろ。いまさら俺がなにしたって、邪魔なんかになる？」

わからなかった。

そもそも彼女が無事に婚姻届提出にまで至ったかどうかも、私は知らない。昔の男もいまの婚約者もいたことがないし、人生で初めて結婚したいと思った人と、泣きながら別れたことだってない。

「私はただ……」

最後に見たときは笑顔だった。若くてかわいくて美しかった。自分で自分を幸せにできる人は綺麗だと思った。

「幸せな人には、そのままでいてほしいだけです」

こうありたいと努力して、きちんとそれを摑んだ人には。

幸せねえ、と成田光洪が背もたれに寄りかかる。

「二十八までに結婚。リッツで式挙げて、新婚旅行でモルディブ行って、三十代前半で子どもを産む、男と女ひとりずつ……、だっけ。すごい具体的だったよな。花凜に影響されて、自分もやろうと思ったの?」

「坂下さんのようになろうと思ったわけではありません」

幸せには。

でも、いまとちがうなにかくらいは目指したかった。この部屋で、あのマグカップをテーブルに並べて何日間も眺めて、最後は箱にしまいながらそう思った。半年後には三十五歳になって、来年には三十六歳になって、一生こんなふうなのだ、ということが、急に耐えられなくなったのだ。

「なんでだめだったんですか」

「なにが?」

「坂下さん。いい子だったのに」

「いい子だったねえ」

成田光洪はふっと笑い、髪をかきあげた。

「俺、俺のこと好きな子といっしょにいるのはわりと好きなんだけど、俺といればこの先ずっと幸せに暮らしていけるって信じる子は苦手なの」

「自信がないから？」

「どうかな」彼は微笑んだ。侮辱したつもりだったのに、なんだか嬉しそうに見えた。「そうかも。無責任なんだろうな。ずっとこうなんだけど、大人になるほど、みんなに怒られるようになってきたよ。女の人って、未来のこととかちゃんと考えてえらいよね」

他人事だ。

私は彼の左腕に視線を向ける。ベージュのシャツは袖がまくられて、傷跡が覗いている。

チャイムが鳴った。彼はゆっくり立ち上がって、一万円札を摑んで出ていった。戻ってくると、片手にピザを二枚と、サイドメニューらしいちいさな箱をふたつ抱え、もう片方の手にはビールの六缶パックを持っていた。部屋の中が一気にピザの匂いになる。彼が箱をどさどさとテーブルに置き、缶を開けて初めて、私はこの人が車で来たことを思い出した。

「お酒は――」

遅かった。やめようともしなかった。彼は十秒くらいしてからやっと口を離し、息をついて缶を置いた。別の缶を手に取るとこちらに差し出してくる。

「泊めて」

私は受け取らなかったし頷かなかった。彼は付け足す。

「そうしたら花凛の番号消すから」

ピザを一切れとポテトを食べた。ビールは飲まなかったけど冷蔵庫に残っていたワインを空けた。成田光洪は四缶を飲み干し、ピザを一枚半片付け、コンビニに行った。下着を買ってくるのだという。「俺、シャワー浴びた後に使用済みのパンツ穿くの嫌いなの」

残された私は、いまのうちに玄関のチェーンをかけようかという誘惑に駆られた。でも、無駄な抵抗に終わることはわかっていた。どうせ言いくるめられるのだ。好きなようにすればいい。食事はあと二回で済む。その間に依頼さえ果たしてくれればそれでいい。

歯を磨いた。ワインのせいで顔が赤らみ、それに少し寒かった。アルコールを飲むとこうなることがある。布団に入って寝転んだ。この家に数年ぶりに人が入り、数時間過ごした後というだけで、もういまを静かだと感じた。私しかいないときは、いつもこうだというのに。真夜中のような気分で時計を見たら、まだ九時すぎだった。間延びした夜だ。

がちゃんと音が聞こえた。だれかが帰ってくるのを迎える、という状況も不思議だった。とす、とす、と足音が近づいてくる。「鍵閉めなかったんだね、意外」部屋の入り口に立って彼は言う。

「眠いの？　飲んだもんな」

ベッド脇にしゃがんだ彼は、こちらの顔を見て、口元をゆるめた。

「そうしてると、なんかちっちゃな女の子みたい。小学生くらいの」

反応しなかったけど、似たようなことを考えていたので驚いた。成田光洪こそ子どもに見えると思ったのだ。外から帰ってきて、昼寝をしている母親の顔を覗き込む少年のような幼さを、一瞬感じた。

彼が立ち上がって、その場でジーンズとシャツを脱ぎ始める。視界の端にそれが映った。非現実的だ。男の人が我が家で服を脱いでいる。部屋の隅に雑に衣類を重ねると、彼は肌着と下着だけの姿になって廊下に消えた。私はまばたきをする。――変なの。想定していたのは、ホテルで二時間くらい費やして終わり、というものだった。こんな流れになるはずではなかった。私というることを厭わない人がいるなんて。自分ですら、ときどきうんざりするのに。

微睡んでいたから定かではないけど、シャワーはほんの数分だった気がする。ドライヤーの音がして、それもすぐにやんだ。ぱち、ぱち、と彼が照明を消しながらこっちに来るのがわかる。じっと動かないでいると、お風呂上がりの匂いが漂ってきた。戻ってきた彼は、買ったばかりらしい下着しか身につけていない。濃いグレイ。タオルを首からかけている。さっきとおなじようにベッド脇にしゃがむ。

「一応Tシャツも買ったんだけど。着たほうがいい？」

素肌だ。

他人の、湿った、生の肌。

夜の匂い。

成田光洪がふっと笑って、指先でこちらの頬に触れた。私はびくりとして首をすくめる。

「緊張してる？」

「これから……」

「最後まではしないから大丈夫だよ。眠いんでしょ」

途中までは。

私は何度もまばたきをする。自分が怖気づきそうになっているのがわかる。

「ずれて」

彼はそう言って、濡れたタオルをベッドのヘッドボードにかけた。伸びた腕と、胸の筋肉が目に入る。「服を」私は掠れた声を出した。「服を着てください」

数秒こちらを見下ろしてから、彼はコンビニの袋から黒いTシャツを取り出して着た。「ああ、新しい服だ」とつぶやきながら。たしかに新しい服の匂いがする。

「真野さん。ずれて」

私は壁際に移動した。背中がくっついてこれ以上はさがれないところまで。成田光洪が、まるでここの勝手をよく知っているかのようにリモコンで照明を消す。真っ暗になるとさらに身が竦んだ。ベッドが軋んで、布団を引っ張られる。

「入れてよ」

面白がっている声だ。私は無意識のうちに布団を押さえ込んでいたらしい。手の力を抜くと、ふわっと布団が持ち上がる。暗い部屋の中、すぐ傍に他人がいる。手を伸ばせば触れられる距離、伸ばさなくても届く距離に。

「ねえ、そっち寄りすぎじゃない？」

「ただ……」

「え？」

「ただ」

ただ触るだけなのに。なにがこんなに。

「大丈夫？」

今度は彼の手のひら全体が頬に触れた。

「そう硬くならないで。マッサージでも受けると思って」

「こんなに暗いものなんですか」

「え？　いや、どうだろう。人によるんじゃない。明るいほうがいい？」

「そういうわけでは――」

相手の親指が唇に触れた。歯と舌に触れた。忍び笑いが聞こえる。唇同士が触れて目を閉じる。

暗闇がもっと暗くなる。

いままでとちがって、ちゃんとしたキスだった。私は呼吸の仕方がわからなくなって息を止めた。やがて彼が離れる。自分がどこにいるのか、相手がだれか、なにをしているのかもわからなくなってくる。

これが階段だとしたら、たぶんくだりだ、とは思った。

「にじゅう……」

「うん？」

「二十年も前から、こんなことをしてるんですか」

彼は、ふふ、と笑った。その息遣いが唇にかかった。「うん、そう」と囁く声が続く。

「俺もたまに自分で、馬鹿みたいだなって思うことあるよ」

どういうトリックかは知らないが、成田光洪は暗くても、初めて来た場所でも、問題なく行動できるらしかった。彼は私をベッドの真ん中に引き寄せ、布団をめくると、さっさとTシャツを脱いだ。着たばかりなのに。頭の中に、さっき見た半裸が浮かぶ。でも、いま自分のすぐ傍にあるものが、それとおなじかどうかはわからなかった。影が動き、私に覆いかぶさるような体勢になると、私の顔の両脇に腕がつかれる。彼の額が、私の額にくっつく。

「みんなこんなこと真面目にやって、馬鹿みたいだって、俺もよく思うんだけどさ」

目が覚めたとき、私は壁に向き合っていた。

朝だ。下半身は下着しか穿いておらず、上半身はパジャマを着ていたけど、ボタンがぜんぶ外れていた。背後からは寝息が聞こえる。成田光洪がどんな恰好をしているかはわからない。

一分ほど、そのままじっとしていた。

宣言どおり、彼は最後まではしなかった。だから私はまだ処女なわけだけど、自分の身体がだれにも侵されたことがないというのはもう嘘だと思った。熱とか感触とか快感とかは、なんとなくわかった。境界線に放り出されたみたいなのが変な感じだ。私はそっちに行きたかった。どうしてかはわからないけど行きたかった。いまも？　いまも、たぶん。

——死ぬまでにしたいことリストでしょ。

静かに、静かにパジャマのボタンをひとつずつかけていく。なるべくゆっくりと身体を起こす。盗み見るように視線を下に向けると、彼は仰向けに眠っていた。カーテンの隙間から漏れる光の中で。少なくとも上半身はなにも着ていない。口はほぼ閉じていて、寝息は静かだ。睫毛。唇。上下する胸元と、指先と、昨日の暗闇では見られなかったところすべてを眺める。それから、この人を起こさずにまたいで床に降り立つことは可能だろうか、と考えた。

ふっ、と成田光洪が息を吐き、唐突に笑った。

「——真野さん」目が開く。寝起きの声は掠れていた。「知ってる、目つぶっていても、視線って感じるんだよ」

知らなかった。寝ているときに他人に見つめられた経験はない。

「おはよう」

「あの、目、もう一度閉じてください」

「なんで？」

私は答えない。三秒ほどして、彼は従ってくれた。

「すごいね」

相手の身体をまたいでベッドをおりると、彼はつぶやいた。私は床に落ちていたパジャマのズボンを穿きながら「なんですか？」と返す。

「あれだけやったら、なにかもうちょっと芽生えそうなものだけど」

振り返る。彼は目を開けていた。

「強固だねえ」

「……きょうこ」

私もまだ寝ぼけていたので、それが漢字に変換されるまで時間がかかった。頑なだという意味だろうか。ぺた、ぺたとキッチンまで歩き、コップに水を入れて飲む。「俺もほしい」と言われたので、おなじコップをゆすいで、また水を注いで持っていった。彼は欠伸をしながら起き上がる。私の中に入ってきたことのある指先がコップを掴む。私は言う。

「死ぬまでにしたいことっていうか」

「うん？」

「ひとりで死ぬまでにしたいこと、なので。ひとりなのは絶対に変わらないと思っているので」

「……そう」

朝のほうが口が軽くなる気がする、と私は思った。夜の警戒が薄れるからだろうか。水を飲み干すと、「スマホ取って」と彼は言う。

「どこですか？」

「ジーンズのポケットかなあ」

クローゼットの前に脱ぎ捨ててあったそれを拾い上げ、スマホを取り出す。画面を見て初めて時間を意識した。七時すぎだ。

「早起きだな。早寝したもんな……」

ぶつぶつ言いながらスマホのロックを解除し、成田光洪はアドレス帳を開いた。彼がなにをしようとしているのかに気づいて、私はどきりとする。「か、か……」いくつも並ぶ女の子の名前をスクロールしていくと、苗字もないただの「花凜」の項目を見つけ出し、彼はあっさりと「削除」のボタンを押した。

消える。

「俺から連絡するつもりなんてなかったよ」

枕元にスマホを置き、また布団をかぶりながら、彼は言った。

「たまに向こうからしてくるんだよ。花凜じゃなくて、ああいう子から。結婚して落ち着いて、一周回ってつまんなくなっちゃった、みたいな感じで。すげえ勝手、って思いながら、まあ会ってたんだけどね、前は」

「いまは？」

彼は微笑んで、左腕だけ布団から出した。

「これやったのも結婚してる子でさ。果物ナイフかな、突然取り出してきて、そうしたら旦那さんが飛んできて止めてくれた。家から様子がおかしかったからついてきたんだって。うちの妻がすみません、って頭さげられてさ。俺が一番最低でアホみたいでしょ。ああ、人妻はだめだなってあのときに思った。人妻っていうかさ。大事にされてる人はだめだね。結婚してればみんなそうなのかって、そうでもないんだろうけど」

彼の手がスマホに触れる。アドレス帳を開いて、「ねえ真野さん」と続ける。

「これに登録されてる女の子のことさ、消してくれない。下の名前だけで入ってるやつ。俺もう、どれがだれで、いつ知り合ってどう別れたのかとか、よくわかんないんだよ」

「……私、そういうの頼まれたら、本当にする人ですよ」

成田光洪は、半分眠っているような、ふにゃりとした笑みを浮かべた。

「知ってる。花凜のときさ、俺の連絡先消したでしょ。あれ、なんかちょっと気持ちよかったよ」

私は手を伸ばして、アキ、を消した。止められることはない。アミ、アヤ、イクコ、エミ、エリ、カオリ、カナ、クミ……。

「こんなに消したら寂しくなりませんか」

「うん、大丈夫」彼は目を閉じる。「どっちでもいっしょだから」

意味はよくわからなかったけど悲しくなった。三人に一人くらいの割合で、名前のみの女の人が出てくる。漢字だったりひらがなだったりカタカナだったり。フルネームで登録されているのは男性が多くて、だいたい会社名もいっしょだった。

「苗字しかない人は？」

「あー、仕事かなあ。残しておいて」

彼は答えてから、ふと思いついたように目を開けてこちらを見上げた。

「真野さんって下の名前なに？」

私は咄嗟に目を逸らしてしまった。

「好きじゃないんです」

「え？　自分の名前？」

「苗字だけでいいです」

彼はまた目を閉じた。私はほっとして作業を再開した。ナ行、ハ行、マ行……。私は「真野さん」として登録されていた。電話番号のみ。自分のことも消した。深い意味はなかった。ただ、これだけ他人を消しておいて自分は残す、というのができなかっただけだ。連絡したければ着信履歴でも見ればいい。ヤ行、ラ行……。レミ、という名前が最後だった。

彼はすでに眠っているようだった。見つめるとまた起こしてしまうので、私はスマホを枕元に戻し、シャワーを浴びにいった。

成田光洪は昼前に帰り、明日の夜にまた会うことになった。私がそう希望したのだ。

「次は最後までするとして」うちを出るときに彼は言った。「憲法記念日かみどりの日かこどもの日、どれがいい」

固まった私に、「俺が選ぶなら子どもの日かな」と彼は愉快そうに付け足した。別になんだってよかったのだけど、改めて選択肢を並べられると、子どもの日は嫌だなと思った。

「祝日はできれば避けたいです」

「じゃあ、明日の夜になるけど」

それでそういうことになった。五回会ううちの四回目に本番を持ってくる、というのも不思議だった。あるいは彼の中では、昨日の夜から今朝までで二回が消費されて、次が五回目なのかもしれない。パンと少量のフルーツだけの朝食をカウントに入れたのなら。

寝具すべてとタオルを、その日のうちに洗って干した。家中を掃除してゴミを出した。

別にあの人のことを汚いと思ったわけではない。彼は女性と遊び回っているわりに、それを感じさせない小ざっぱりとした雰囲気がある。だからこそ人気なんだろうけど。ただ私は、この家に、他人の気配を残したくなかった。昨夜、彼がコンビニに行ったときに感じたあの静けさが、永遠に戻ってこないようにしたかった。思い出したくなかった。たとえば朝のぼんやりとした光の中で、彼の傍に座って、女の人の連絡先をいちいち消していったことなんかを。宇宙みたいな暗闇の中で散々触られるよりも、あの朝の時間のほうがなにか生々しいものがあったと思う。

その夜は、自分で料理をして、映画を観ながら食べた。週末だから湯船に浸かって本を読んだ。慎重に、いつもどおりに過ごしたのに、もうなにもおなじではなかった。クローゼットにしまってあった寝具に替えても、ベッドからは自分のものではない匂いがした。思い込みなのだともわかっていた。だからこそ問題なのだ、とも。

夕食の場所は私が指定した。

特別な店ではない。ちょっといい和食屋さんという基準で、適当に調べて見つけたところだ。行き先さえ決めておけば私の家に来られる心配はない、と気づいた。それに、成田光洪がお金のかからない食事ばかり選ぶせいで、このために用意していた五万円が一向に減らないのも気に入らなかった。

依頼、ということにしたい。

これはプライベートではない。この人が私に会っているのは。私がこの人に会っているのも。

「ホテルの最上階でも取ってるの」

二人で一万五千円程度の会計を済ませて外に出ると、冗談めかして彼は言った。

「取ってません」

私は答える。繁華街のネオンに囲まれて男の人と歩いている自分のことを、他人みたいに感じた。この間、成田光洪とカフェから出てきたときよりは、この身体は夜の空気に馴染んでいるだろう。いま首筋に触れられてもびくりとすることはないだろう。それは成長と呼べるだろうか。

「ラブホは混むよ。ゴールデンウィークだし、日曜日だし」

「どこでもいいんですか？」

「うん、俺は。真野さんの家でもいい」

「あなたの家は？」

彼がぴたりと足を止めたので、私は振り返る。成田光洪は、一時停止を押されたみたいに固まっていた。この人が動揺するところを見るのは初めてだ。

奇妙な間があって、彼は思い出したように苦笑を浮かべる。

「いや、俺の家は」

「だめなんですか？」

「だめっていうか……、なんにもないから。やめたほうがいい」

「別にいいですよ」

「だめでしょ。ちゃんとしたベッドもないんだよ。あんなところじゃできないって。真野さんちでいいじゃない、もう一回行ってるんだから」

「うちは嫌です」

「じゃあホテルにすればいい」

一昨日と立場が逆転している。

駅に向かいながら、私はそう思った。あのとき、あの助手席で私が襲われた焦燥に似たものを、きっといまこの人も感じている。言葉を尽くすほど裏目に出る。拒否するほどそうするしかなくなる。

それなら成田光洪も、こんなふうに感じていたんだろうか。ただの気まぐれな提案で、相手を追いつめる気なんてなかったけど、拒否されるほどこうするしかなくなる、と。

私の早足に追いつこうと、彼は大股になる。

「真野さん。ホテル行こうよ。俺が払うから」

「ホテルも嫌です」

「なんで？」

「もういいです。依頼は取り消します」

「は――」

「あとは適当に済ませます。ありがとうございました」

手首を摑まれた。

思ったよりも強い力だった。私は彼を見上げる。成田光洪は口を開き、閉じると、そのまま歩き出した。私は抵抗しなかった。行き先がホテルだったら手を振り払おうと思っていたけど、飲食店街を抜けて大通りに出ると、彼が拾ったのはタクシーだった。後部座席に二人で乗り込む。静かな声で住所が告げられる。ずいぶん都心にある、と私は思った。

「なにもないんだよ」

彼はつぶやいた。

成田光洪の住むマンションは、住宅よりもオフィスが多く立ち並ぶ一角にあった。

十四階建で、一階にはコンビニが入っている。エントランスには大きな革のソファが置いてあるものの、人の気配はなかった。手入れがされているのはわかるが、どの設備も古そうだ。私は迷い込んでいくような気持ちでエレベーターに乗る。彼は八階を押した。

「引っ越してきたばかりだし、いつまで住むかも決めてないから、なるべく物を増やしたくなくて。だから、なんもないよ、ほんと。見たいなら別に見てもいいけど」

彼はいつもの調子を取り戻したようだった。少なくとも表面上は。そんなところも、一昨日の自分を見ているみたいだ。廊下には暗い紅色の絨毯が敷いてあり、突き当たりには緑色の非常口の誘導灯が見えた。マンションというよりもホテルみたいな雰囲気で、生活感に欠けている。住居ではなくて事務所として使われることが多いような場所かもしれない。

「どうぞ」

彼が鍵を開ける。

「お邪魔します」

たしかになにもない、と思った。

玄関には真新しいサンダルが一足あるだけだ。廊下にキッチンがあるタイプの間取りで、空き物件と言われても信じてしまうほどにがらんとしていた。調理器具がない、どころではなくて、冷蔵庫すら置かれていない。開けっ放しになっていたドアからワンルームに入り、手さぐりで照明をつける。ぱっと室内が照らされる。

十畳くらいだろうか。まともな家具がないから、実際より広く見えているのかもしれない。

「ちゃんとしたベッドがない」とはどういうことかと思っていたけど、あったのはソファベッドだった。限りなくソファにちかいベッドと呼ぶべきか。布団も枕もない。ソファの隅にタオルケットが二枚丸めてある。ちいさなサイドテーブルはタブレット端末に占領されている。ほかに家具はない。テーブルも、棚も、テレビもない。部屋の隅にスーツケースが広げられ、そこに衣類やノートパソコンがしまってある。いつかの砂時計も。その隣にボストンバッグとゴミ袋があった。ゴミ箱はない。緞帳のように分厚いカーテンは備え付けだろうか。中途半端に開いていて、レースカーテンはないので、ビル街がすぐそこに見える。

あのボストンバッグは、坂下さんの家を出ていくときに持っていたものだ。

私は振り返る。部屋の入り口に立っていた成田光洪は、困ったように笑った。

「だから言ったでしょ。こんなところで初めてを迎えるのはやめなさいって。あとで世にも惨めな気持ちになると思うよ。ベッド狭すぎて、二人で寝られるかも危ういし」

「泊まる気はありません」

「俺こんなところで女の子抱けないよ」

「じゃあもういいです」

悲しくなってきた。

廊下に出ようとしたら腕を掴まれる。こんなことを繰り返してばかりだ。私はこの人の手の温度にも慣れてしまった。

「なんなのさっきから。なんか怒ってるの？」

「怒ってません。依頼は取り消します」

「いまさら――」

「あなたは私に優しくしようとしている。だから嫌です」

腕を振り払う。本気で困惑したような顔で、彼がこちらを見下ろす。

「意味がわからない。俺は最初くらいはもっと……」

「私はなにも大事にしてない。はじめからそう言ってるのに。あなたが二十年も前に捨てたものを、おなじように捨てようとしているだけです。夢なんかみていない。自分は大事にしなかったくせに、いまだってなにも大事になんかしてないくせに、私のだけを特別扱いするのはやめてください」

「俺は」

「私はこういうのが嫌だから処女じゃなくなろうと思ったのに」

「こういうのってなに？」

「無垢なまま死ぬこと」

そんなんじゃないのに。

涙が出てきた。

「ちがうのに。私だってどうしようもないのに。あなたとおなじくらいに――」

キスをされた。

支離滅裂なのはお互いさまだ。どちらの言葉もどこにも通じない。私たちはどうしてこうなっちゃったんだろう。ただ生きているだけでなにを失ったというのだろう。いつか、ずっと昔には、こうじゃなかった頃もあったんだろうか。なにかをちゃんと大事にできていた。夢をみていた。信じていた。

成田光洪が明かりを消す。でも我が家ほど真っ暗にはならない。カーテンの隙間からビルの明かりが射してくるからだ。彼は光と影でまだらになったまま上半身の服を脱ぎ、私を抱き寄せて、もう一度唇を寄せた。右手で髪をほどかれて、私は口を開けた。

痛み。

と熱。

と痛み。

息遣い。

目と口を閉じて声を漏らさないようにしながら、私は女の人というのは——友人も坂下さんも職場の先輩も後輩もみんな——最初はこんなふうになにかをこじ開けられるような痛みに耐えたんだろうかと考えた。十年とか二十年も前に。中高生の頃、クラスメイトがひそひそと打ち明けてくれた初体験は、こんな感じだったんだろうか。

「真野さん」成田光洪が耳元で囁く。「息吐いて、力抜かないと」

さっきからそうしている。そうしようとしている。

「痛いんでしょ」

「……へいきです」

「あのね。痛いときは、痛いって言ったほうが、痛くなくなるよ」

目を開ける。やや汗ばんだ彼の肩越しに空っぽの天井が見える。身体をぐっと押さえられて、私は自分がベッドの底に沈んでいくような気になった。暗いほうに少しずつ落ちていく。

いいから。

なんでもいいから、早く私を開けて。

終わった後、私はぐったりしてタオルケットにくるまり、しばらくベッドの上で動けなかった。成田光洪はもう一枚のタオルケットに身体を包んで、裸のまま床に座って煙草を吸った。背中をベッドに預けて。だから私からは後頭部しか見えない。目はもう暗さに慣れていて、カーテンの隙間に覗く半月を明るく感じるほどだった。

帰らなきゃ、と思う。

泊まらないと言った。泊まりたくもない。だから、起きて、立って、服を着て帰らなくちゃいけない。怠(だる)くて眠くて面倒くさくても。

「……四十歳までの目標はなに」

前を向いたまま彼が口を開いた。

「ピアスをあけること」私は答える。

「耳？」

「耳です」

返してから、そうか、耳以外という選択肢もあるのか、と思う。

「四十五歳」

「煙草を吸う」

「電子？」

「……紙？」

「身体に悪いよ」

「そうですね」

「五十歳」

「ひとり旅をする」

「どこに？」

「外国」

「の？」

そこまではまだ決めていなかった。私は窓の外に視線を向ける。

「モロッコとか」

「モロッコ」彼は息を漏らして笑った。「なんで」

「砂漠が見たいからです」

「砂漠かあ……。五十五歳」

「犬を飼う」

「六十歳」

「髪を染める。なにか派手な色に」

「染めたことないの」

「ありません」

「六十五歳は？」

「決めてません。犬が死んだら、もうおしまいです」

「なに、人生が？」

「はい」

「早くない？」

「長いですよ」

かた、と彼は煙草を置いた。振り返って、片腕をベッドに乗せる。

「モロッコと犬以外は、やったことあるな」

そう言いながら、私の髪の先をくるくると指に巻いて、ほどいた。私は黙ったままでいた。いま何時だろうか。ずいぶん長い時間が経った気がする。

乱れた前髪の間から、成田光洪はじっとこっちを見た。

「真野さん、俺のこと振る気でしょ」

私はまばたきをした。

「振る？」

「そう」

「ただ元に戻るだけです。私もあなたも」

「あと一回あるって、覚えてる？」

「ご馳走します」

「食事だけ？」

「そういう約束でした」

彼の指先が頰に移動する。視線を逸らさないまま、ゆっくりと彼は囁いた。

「杏奈（あんな）」

私は短く息を呑んだ。

「……どうして……」

「昨日帰るとき、玄関に郵便物があったから。ねえ真野さん、俺の名前知ってる？　一回くらい呼んでよ」

知ってる。

坂下さんは「ヒロくん」としか言わなかった。自己紹介のとき、この人は「成田です」としか名乗らなかった。だからフルネームを見たのはあのときだけだ。坂下さんのスマホを渡されて、データを削除したとき。成田光洪。綺麗な名前だと思った。光の洪水。私は昔から自分の名前が嫌いだった。かわいくて、どことなく異国の響きがして、思いきり和顔の自分には似合わないから。

「成田光洪さん。私、帰らないと」

彼は微笑んだ。

いままで見た中で、その顔が一番好き、と思った。

ゆっくりと身体を起こし、この人の匂いのするタオルケットを脱いで、さっき剝ぎ取られた下着をつけて、服を着る。身体中に薄い膜が一枚張っているような感覚がして、足元がふわふわした。まだ少しだけ痛かった。穴があいたみたいだった。

「俺ら一生ひとりなのかな」

彼は言う。

「きっと」

私は答える。

彼は息を吐くようにしてちいさく笑い、立ち上がってジーンズだけ穿いた。「泊まっていけばいいのに」廊下を歩きながら成田光洪はひとりごとのようにつぶやく。

「朝になって別れたら、世にも惨めな気持ちになると思いますよ。ここでいいです。ここが」

靴を履いて振り返ると、ドアにこちらの背中を押しつけるようにして、彼は長いキスをした。

私が処女だったら恋に落ちてしまっていたかもしれないようなキスを。

「次の食事はさ、四十五歳になったらしようよ。そんでそのときひとりだったら、結婚して」

「どうして四十五歳なんですか?」

「俺、煙草よりは有害じゃないと思うから。あとモロッコと犬に間に合うから」

私は笑った。

「ありがとうございました」

おやすみなさい。

廊下は、来たときほど寂しくは見えなかった。エレベーターに乗って、スマホで時間を確かめる。タクシーを拾えば日付が変わる前に家に着くだろう。マンションを出ると夜の風の匂いがした。私は思いきり吸い込んで、髪を押さえて一瞬だけ空を見た。

帰ったらシャワーを浴びよう。

それからあのマグカップで、温かい紅茶でも飲んで眠ろう。

あとがき

こんにちは、あるいは、はじめまして。深沢です。

『眠れない夜にみる夢は』を読んでくださってありがとうございます。

いままで主人公が十代くらいの話を書くことが多かったので、今回はもう少し大人たちを書こう、と思いました。年齢の話で、中身の話ではありません。子どもは、歳を取ればいつか自動的に「大人」になれると信じていることが多いですが、やがて、そうではない、と気づきます。この本に収録されているお話に出てくる人たちは、もうみんな気づいている年齢です。書いていてなんとなく寂しかったのは、だからかもしれない、と振り返ってみて思います。

ちなみに一編だけ、コロナ禍の物語があります。「コロナ」という語にまだ世界中が慣れていなかったような、あの恐慌の中で日常の話について考えたとき、周囲の状況を無視するのはあまりにも不自然な気がして書きました。あの日々を簡単に忘れてはいけないという意味でも、今回収録できてよかったです。

深沢は夜型の人間です。

大学生でひとり暮らしを始めてからどんどんひどくなっていき、いまでは日付が変わる前に眠ることはほぼありません。明日は早いからとか、今日は疲れているからとかで早寝をしようとしても、なにかの呪いのように気づくと午前三時になっていて、おかしいな、と思いながらベッドに入ります。目が覚めてもすぐには起き上がらず、布団の中でいま書いている——あるいは昔書いた——人たちの出る話を考えるのが習慣なので、特に用事がなければ、活動を始めるのはお昼頃です。カフェにこもって原稿を書き、家に帰って夕食を取り、散歩をするのはいつも夜。スーパーもドラッグストアも、閉店間際で店員も客も気怠げ、そんな状態しか知りません。もっと遅い時間になると、終電を逃さないよう急ぐ人々やシャッターを閉めた飲食店、二十四時間営業の店のいつもの夜勤担当者、世の中が寝静まっている間に作業を進めようとする工事現場、そういう光景に出会えます。深夜になればなるほど、この時間まで起きている人たちへの仲間意識、ちがうな、共犯意識みたいなのが芽生えて、別に救われないけどちょっとだけ落ち着く、感じがします。

夜行列車に乗ったことが一度だけあります。

ずっと前、一人旅でイギリスに行ったとき、ロンドンからエディンバラまでの交通手段として、カレドニアン・スリーパーを選びました。現地に留学していた友人とロンドンで別れ、深夜のユーストン駅で時間を潰し、深夜に到着する列車を待ち……。安全を考えて一応個室を取っていたので、乗り込んでしまえばひとりきりです。とうとう寝台列車を体験できると思ったら、くらくらするほど興奮しました。狭い室内の設備とアメニティをチェックし、荷物を整理したらあとは寝るだけです。エディンバラに着いたらすぐ観光するつもりだったし、ロールカーテンをあげたところで外は真っ暗なので、休むしかない。寝台はコンパクトですが、深沢自身もコンパクトなアジア人で騒音にも強いため、なんの問題もなく熟睡しました。

一度だけ目が覚めて、カーテンの隙間から外を見て。ちょうど夜が明けはじめた頃で、空はまだ薄暗く、濃い霧の中に遠く遠くまで続く丘と滲んだみたいにぼんやりとした羊たちの姿を覚えています。空気はしんとして、いまこの世界で起きているのは、自分とあの羊たちだけじゃないかと思えた。

次に気づいたときには朝で、もう明るくて、ロールカーテンをうまく開けられずに通りかかった車掌に頼みました。ぼうっと外の景色を眺めているうちに朝食が運ばれてきて、しっかりと熱い紅茶がついているのがイギリスらしくて微笑ましかったです。朝一番の駅に降り立ったときの清々しさも忘れられません。

何度思い返しても、あの夜は人生で過ごしたうちの最高のもののひとつです。


実は去年も、三年ぶりにイギリスに行きました。仕事だったんですが、合間にパブまで足を運び、ときどきは英国らしい夜を過ごせました。そのうち観光にも行って、もう一度夜行列車に乗りたいな。ヨーロッパを列車で旅するというのは、永遠の憧れです。いつか実現できますように。

ではここで恒例の、あとがきを書く間にかけていたBGMを紹介します。
■3 a.m. / Gregory Alan Isakov ■Mr. Tambourine Man / Bob Dylan ■Let's Spend The Night Together / The Rolling Stones ■Lost Boy / Ruth B. ■Don't Cry / Guns N' Roses ■Soco Amaretto Lime / BRAND NEW ■Pink Moon / Nick Drake ■Gamble / Lucy Rose ■Breathe (2 AM) / Anna Nalick ■The Road / Jackson Browne ■Fast Car / Tracy Chapman ■眠らなき

ゃ／Thee Michelle Gun Elephant

それでは最後に。
ここまで読んでくださった皆さん、
また、この本の完成に関わってくださった方々に、心から感謝を。
ありがとうございました。
この物語のなかに広がる世界と、そこに生きる人びとを、
これからも愛していただければ幸いです。

「なにも傷つけないように、おやすみ」の初出は《ミステリーズ！》vol. 103 OCTOBER 2020、
ほかの作品はすべて書き下ろしです。

眠れない夜にみる夢は

2023年6月30日　初版

著　者　深沢 仁（ふかざわ じん）
発行者　渋谷健太郎
発行所　株式会社東京創元社
〒162-0814 東京都新宿区新小川町1-5
電話（03）3268-8231（代）
URL http://www.tsogen.co.jp
写　真　赤木 遥
装　丁　アルビレオ
DTP　キャップス
印　刷　萩原印刷
製　本　加藤製本

乱丁・落丁本は、ご面倒ですが小社までご送付ください。
送料小社負担にてお取替えいたします。

ISBN978-4-488-02895-4 C0093